文 春 文 庫

暁からすの嫁さがし

雨咲はな

文 藝 春 秋

目次

暁からすの嫁さがし

――耳を澄《す》ませよ人の子よ、この声聞こえる者あらば、あやしの森へと来るがいい。

「奈緒《なお》さん、どうかして？」

問いかけられた声にはっとして、深山《みやま》奈緒は上空に向けていた視線を、自分のすぐ隣へと戻した。

友人の実川雪乃《さねかわゆきの》が首を傾げ、こちらを覗《のぞ》き込んでいる。

その切れ長の目には、急に黙り込んで空を見上げた友人に対する、純粋な心配が浮かんでいた。それを素早く見て取って、奈緒は努めて明るい微笑を浮かべた。

「あ、ごめんなさい。少しぼうっとしちゃって」

「お疲れなのではない？　転居していらして、まだそう日が経っていないのだもの」

雪乃がおっとりと微笑《ほほえ》みながら気遣うように言った。矢絣《やがすり》の着物に袴《はかま》という服装は同じだが、人から「しゃんとしている」と評されることの多い奈緒と違い、彼女の言動にはいかにも良家の子女らしい淑《しと》やかさと慎ましさがある。

雪乃は奈緒が東京に越してきてから、最初にできた友人だ。

大きな病院の娘ということだが、雪乃自身はまるで驕《おご》ったところのない、控えめで優しい性格をしていた。

「いえ、そんなことはないのよ。新しい女学校はどんなところかとちょっぴり不安もあったけど、雪乃さんが何かと教えてくれるから、とても心強いわ」

奈緒は生まれも育ちも横浜で、東京のことはとんと勝手が判《わか》らない。その奈緒のために、なにくれとなく世話を焼いてくれたのが、こちらで新たに通うことになった女学校の同級生である雪乃だった。

自宅が近いからと、こうして毎朝女学校への道のりを二人で歩くのもその一環で、雪乃とお喋りしているうちに、奈緒はすっかりこの周辺に詳しくなることができた。

「ううん、わたしも奈緒さんのようなしっかりした方とお友達になれて嬉しいの。それに本当のことを言うと、奈緒さんと一緒でわたしのほうが心強いのよ。なにしろこのあたりは静かすぎて、今まで怖い思いをしていたんだもの」

雪乃の言うとおり、今歩いているところはほとんど人通りがなく、しんと静まり返っている。通学路とはいえ、若い娘が一人で行き来するのは物騒でもあるだろう。

なにしろ、道の片側はのどかな田畑だが、もう片側には、鬱蒼《うっそう》とした森が延々と続いているのだ。

その深い森は人の手がほぼ入っていないようで、林立した木々はどれも枝が野放図《のほうず》に伸び、そこからもっさりと葉が生い茂っていた。それらが上から降り注ぐ陽射しを遮《さえぎ》り、内部に薄い闇をもたらしている。

暗く、静けさに満ち、何もかもを呑《の》み込んでなお沈黙を保つような、神秘と恐ろしさをたたえた場所のように思えた。

——このあたりの人々は、ここを「あやしの森」と呼ぶらしい。

「ずっと昔からある森なのですって。近頃はどんどん山林が切り開かれているけれど、ここはまったく変わらないのだそうよ。不気味な噂がいくつもあるから、祟《たた》りを怖《おそ》れて誰も手が出せないという話を聞いたわ」

「……不気味な噂、というと」

奈緒が怯えていると思ったのか、雪乃はやや慌てたように「噂といっても、言い伝えやおとぎ話のようなものよ」という前置きをした。

「恐ろしい魔物が棲《す》みついていて森に入った者を食べてしまうとか、迂闊《うかつ》に迷い込むともう出てこられないとか、実は森の奥深くに大きなお屋敷があって、そこに辿り着けた者はいないとか——ふふ、こうして並べると荒唐無稽《こうとうむけい》すぎて可笑《おか》しいわね」

一つずつ数え上げるように指を折って語る雪乃の表情を見るに、彼女が本当にそれらをただの「言い伝えやおとぎ話」の類としか考えていないのは明白だった。

「お屋敷……そこに住んでいるのは、どんな人なのかしらね」

「いやね、奈緒さん。住んでいるもなにも、そんなお屋敷が実在しているはずないじゃないの」

雪乃がコロコロと笑う。奈緒もわずかに微笑んだ。

「その噂の中には、カラスにまつわるものはない？」

「カラス？」

唐突な奈緒の問いに、雪乃はきょとんとしてから、「ああ」と納得したように頭上を見上げた。

「そうね、さっきからうるさいわよね。わたし、カラスも、この鳴き声も好きではないわ。真っ黒な姿は気味が悪いし、ギャアギャアという声も耳障りなんですもの」

「ギャアギャア……」

眉をひそめる雪乃の言葉を反芻《はんすう》するように呟《つぶや》いて、奈緒も再び視線を上に向けた。

青い空には先刻からずっと、ひときわ目立つ黒い鳥が旋回するように飛んでいる。森の上空を舞い、まるで何かを訴えるがごとく鳴き続けていた。

ギャア。

——耳を澄ませよ人の子よ。

ギャア。

——この声聞こえる者あらば。

ギャア。

——あやしの森へと来るがいい。

「嫌だわ……」

思わず口からこぼれ落ちてしまったその独り言を、雪乃は「気味が悪い」という感想への同意だと思ったらしく「そうよね、イヤよねえ」と頷《うなず》いた。

本当に嫌だ。

……雪乃にはギャアギャアという鳴き声にしか聞こえないものが、どういうわけか、奈緒には「人の言葉」として聞こえるなんて。

気のせいだ。そうとしか思いようがない。きっと一時的に耳がどうかしてしまったのだろう。だったら雪乃に心配させないよう、ここは全力で何事もない顔を保たねば。

あれはただのカラスで、おかしな言葉など聞こえない。

「噂はともかく、森の中は暗くて危ないから、子どもたちも親からここへは入らないよう言われているの。奈緒さんも気をつけてね」

雪乃の忠告に、奈緒は朗らかに笑って「ええ」と返事をした。

「入ったりしないわ、絶対に」

空ではカラスがまだしつこく鳴いていたが、きっぱりと無視した。

第一話　烏《からす》に反哺《はんぽ》の孝あり

元号が明治になってから、三十年以上が経つ。

この間、文明開化の波とともに、時代はめまぐるしく変化した。政治、経済、社会、文化のあらゆる面において西洋化と近代化の洗礼を受け、人々は否応なくこれまでの価値観や生活を新しいものに馴染《なじ》ませざるを得なくなった。

それに伴い女子教育の必要性も見直され、各地に女学校が設立された。裕福な家庭の子女は、そこで高等教育を受けられる。「女に学問など要らない」と言われていた頃に比べれば、大きな変革だ。

とはいえ、国を閉じていた時よりも飛躍的に女性の地位が向上し、立場も強くなったかといえば、それはまた別の話である。

「……そういう意味では、横浜も東京もそう変わりないわ」

ぼそりと呟いた言葉は幸い雪乃には聞こえなかったようで、「え、何か言った？」と訊ねられた。

「いえ、なんでもないの。さ、帰りましょうか」

その日の授業を終え、女学生たちが晴れ晴れとした顔つきで学び舎から出ていく。風呂敷包みを抱える彼女らの足取りは軽い。みな同じ袴姿だが、髪型がそれぞれ違うのがほんのわずかな自己主張ということだろう。

ちなみに雪乃は長い髪を上から一つに編んで白いリボンをあしらい、奈緒は三つ編みをくるりと輪にして後頭部で纏《まと》め、いわゆる「英吉利《いぎりす》結び」という形にしている。

奈緒が雪乃とともに外に出ると、同じく帰る途中の下級生から声をかけられた。

「おねえさまがた、さようなら」

「え？　あ、はい、さようなら」

目を瞬いてから挨拶《あいさつ》を返すと、少女はぱっと顔に喜色を浮かべた。そばにいた友人らしき女の子と視線を交わし、頬を赤らめながら笑い合って去っていく。

そういえばこれは横浜とは違うわ、と奈緒は考えを改めた。

「東京の女学校では、上級生を『おねえさま』と呼ぶのねえ」

少し背中がムズムズするが、それがこちらの流儀だというのなら受け入れねばなるまい。困惑と感心を混ぜ込んだ表情で奈緒がそう言うと、雪乃が噴き出した。

「東京の女学校でもそんな呼び方は一般的じゃないわ。あの子たちが『おねえさま』なんて呼ぶのは奈緒さんだけよ。今の場合、わたしは単なる付け足しね」

「えっ、そうなの？　どうして？　わたしが他の人たちより一歳上だから？」

奈緒の父、深山英介《えいすけ》は横浜で貿易商を営んでいるのだが、これからさらに商売の幅を広げるため、本格的に東京へ進出することにしたらしい。

その足掛かりとしてこちらに新しく住居を建てた父は、それが完成すると同時に、生活の場を横浜から東京へ移すよう娘に命じた。

しかしその時期が中途半端だったため、奈緒はあちらで通っていた女学校を卒業前にやめる羽目になり、仕方なくこちらの女学校で最終学年を年度初めからやり直すことにしたのである。

だから現在十七歳の奈緒は、雪乃ら他の同級生よりも一つ齢が上だ。

ただ、そういうことは別に珍しくないので、奈緒も特に気にしていなかった。それなのに他の子たちからは「おねえさま」と線を引かれていたわけか。今になって知った事実に、驚きとともに妙な疎外感を覚える。

もしかして皮肉を込めた呼び方なのかしらと考えていたら、雪乃は笑って手を振った。

「違うわよ。年齢というより、奈緒さんの雰囲気が『おねえさま』という感じなの」

「……よく判らないのだけど」

「奈緒さんて、いつも落ち着いた態度で凜としているもの。自分の意見をはっきり言うし、何事もてきぱきして頼りになるし、下級生が困っていると手を貸してあげたりするでしょう？　だから憧れている子が多いのよ」

つまり「生意気で出しゃばりで気が強い」ということね、と奈緒は思った。少々自虐的なのは、昔から兄にさんざんそう言われてきたからだ。

「あの子たちを悪く思わないでちょうだいね。いろいろと夢を見て楽しめるのは今のうちだけなんだもの。浮かれているだけで、これっぽっちも悪気はないのよ」

「悪く思ったりしないわ、もちろん」

少々複雑な気分ではあるが、屈託なく笑いさざめく下級生の少女たちの姿を見れば、雪乃が言うように他意はないのだと思える。彼女たちも、親の目がある場ではあのように明るく声を出して笑ったりはしゃいだりできないのだろうから、「浮かれている」というのも間違いではないのだろう。

「夢を見て楽しめるのは今のうちだけ……か」

厳しい言葉だが、否定することはできなかった。女学校を卒業してしまえば、そこにはもう夢はなく、ただの「現実」が待っているだけなのだ。

「そういえば、雪乃さんは卒業後はどうするのか決まっているの？」

ふと思いついて訊ねると、雪乃は淡く微笑んだ。

「結婚するわ。もうお相手も決まっているの」

「そう」

その答えに驚きはなかった。この女学校に通っているのは、親が軍人だったり実業家だったりと家柄が確かな娘ばかりで、卒業後は雪乃のように「お嫁入りする」というのが多数を占める。

在学中に縁談がまとまることもよくあって、卒業を待たずに退学して結婚する者も珍しくはなかった。

雪乃は町内で最も大きな病院の一人娘だ。院長をしている父親は、この土地ではかなり名の知れた名士なのだという。おそらく嫁《とつ》ぎ先もさぞ立派な名家なのだろうが、学業も茶華道の嗜《たしな》み事も一通り身につけ、料理や裁縫にかけては奈緒よりもずっと優れた腕を持つ雪乃であれば、どんなところでも喜んで迎え入れるに違いない。

「雪乃さんなら、きっといいお嫁さんになれるわね」

その言葉に、雪乃は返事をしなかった。一瞬何かを言いかけたが、ふらりと視線を彷徨《さまよ》わせて口を噤《つぐ》む。

それからまた唇を微笑の形にした。

「そう言う奈緒さんは？」

「わたし……わたしは、まだ何も決まっていないの」

奈緒の未来は未だ白紙の状態だ。

——憂鬱《ゆううつ》なのは、そのまっさらな紙に絵を描き込むのは決して奈緒自身ではない、ということなのだった。

東京に新しく建てられた自宅は洋館である。

父がアメリカ人建築家に設計を頼んだというこの家は、ところどころ和風の趣《おもむき》があるものの、大部分は外国文化を取り入れたモダンな造りになっている。

日本にはないデザインに感嘆はするが、奈緒は正直、この洋館があまり好きではなかった。天井が高く、どこもかしこも開放的な西洋建築はなんとなく落ち着かないし、通気性があまり良くなくて高温多湿な日本にそぐわないとも思うからだ。

「おかえりなさいませ、お嬢さま」

玄関扉を開けると、奥から出てきた老女が奈緒を迎えた。

昔から深山家に仕え、幼い頃に母を亡くした奈緒と兄を育ててくれた女性なので、他にも女中はいるが彼女だけは別格扱いをされている。

「ただいま、ばあや」

挨拶を返し、持っていた風呂敷包みを渡す。人の好《よ》いばあやはニコニコしながらそれを受け取った。

「どうですか、東京の女学校にはもう慣れましたか」

「ええ、もうすっかりね。同級生のみなさんも良い方ばかりよ」

下級生からおねえさまと呼ばれているのは黙っていよう。なんだか変な心配をされてしまいそうだ。

「お父さまは、まだしばらくこちらには来られないのよね？」

「そうですねえ、横浜でのお仕事がなかなか片付かないようで。せっかく新しいお家を建てたのに、まだ一度も寝起きしていらっしゃらないなんてお気の毒な話ですよ。お嬢さまもお寂しいでしょう」

昔から商品の買い付けなどで頻繁に外国へ行って、滅多に顔を合わすこともなかった父親である。今さらそんなことを言ってもしょうがない。

奈緒は少し微笑むだけに留めておいた。

「お兄さまは？」

その問いには、ばあやは少し困った顔になった。

「なんでもお友だちのところに泊まるということで、二、三日帰られないと」

「またなの」

奈緒は呆れたように言って、ため息を押し殺した。

兄の慎一郎《しんいちろう》は、せっかく入れてもらった大学もろくに通わず、毎日のようにフラフラと遊び歩いている。父が東京に家を建てたのは、商売上の理由とはまた別に、素行不良気味の兄を一つの場所に落ち着かせて、監視下に置くという理由もあるのだろう。だが今のところ、その目論見《もくろみ》はまったく首尾よくいっていない。

一体何が不満なのか。顔を合わせればこちらを睨《にら》みつけ、「女は呑気でいい」といちいち毒を吐いてくる兄の考えが、奈緒にはさっぱり理解できなかった。

「お茶をお淹《い》れしましょうか」

「ううん、今日中に浴衣を一枚縫《ぬ》い上げないといけないの。急がないと間に合わないわ。夕飯の時間になったら呼んでくれる？」

「まあ、また宿題ですか」

女学校というところは、外国語や数学も教えてはくれるが、裁縫や家事や手芸を教わる時間も、同じくらい割り当てられているのである。その外国語や数学にしたって、同年齢の男子が学ぶよりもよほど平易な内容だ。

要するに女子教育とは年頃の娘が「良妻賢母になること」を目標としていて、男子と同等、またはそれを超えるような学問は必要ない、という前提のもと成り立っているものなのだった。

女というのは、結婚するまでは親に従い、結婚してからは夫に従うのが当たり前。明治という新しい時代を迎えたとて、そこは昔からずっと変わりないまま続いている。

女学校に入ってからそれに気づいて、奈緒はひどく落胆した。横浜からこの東京に移っても何も変わりはないことを知って、さらに失望した。

「はあー……」

自室のベッドに身を投げ出して、大きな息を吐き出す。

浴衣を縫わないといけないのに、やけに億劫《おっくう》だ。やっぱり環境が変わったことで、疲れているのだろうか。

カラスの鳴き声が人の言葉に聞こえたのも、疲労からくる幻聴なのかもしれない。

——もしもあれが幻聴でなかったとして。

あやしの森に入ってみたらどうなるのだろう。何かが起きるのだろうか。

ひょっとしたら、人生を大きく変えるような何かが。

そんなことをふと考えて、すぐに苦笑した。バカバカしい。

奈緒はまだ十代だが、それでも常識から外れたことを自ら進んでやるほど愚かな娘ではなかった。母を亡くし、父は多忙でいつも不在、兄も不安定なこの状況で、奈緒までが道を違えたら、深山家は完全に崩壊してしまう。

人が奈緒に求めるものが「しっかりしている、頼りになる」という姿なら、そのように振る舞っていればいい。どうせ自分の未来さえ、自分で決められはしないのだから。敷かれた鉄道を走る列車と同じだ。すでに存在している目的地に向けて進むしかない。線路から外れて好きな場所へ進むことなど、できはしないのだ。

奈緒はそう思っていた。

数日後、雪乃が行方不明になるまでは。

その日、雪乃は女学校に来なかった。

朝、いつも待ち合わせをしている場所に姿を見せなかったので、珍しく遅れてくるのかと思って奈緒は先に学校へと向かったのだが、結局帰りの時刻まで雪乃が現れることはなかった。

しかしその時は、あまり深く考えていなかった。人間なのだから具合が悪くなることはあるだろうし、それでなくとも、女子が学問を修めることを重要視しない大半の家では、女学校へ通うよりも家の用事のほうが優先される。

もしも明日もお休みなら、雪乃の家にお見舞いに行ってみようか――などと呑気なことを考えていた夕方頃、事態が一変した。

突然、奈緒の家に雪乃の両親が訪れ、「雪乃が行きそうな場所に心当たりはないか」と憔悴《しょうすい》した顔つきで訊ねてきたのである。

聞けば、雪乃は昨日の夜からふっつりと姿を消して、それっきり家に帰ってきていないのだという。

奈緒は驚愕した。

当然、警察には行ったのか、人を使って捜索しているのかと急《せ》き込んで問いただしたが、雪乃の父も母もそれには曖昧《あいまい》に言葉を濁《にご》すばかりだ。二人とも「事を大っぴらにしたくない、できるだけ秘密裏に見つけたい」と考えているらしいのが伝わってきた。

「いなくなったと言いますと、それは雪乃さんが自発的にどこかへ行ったということなのでしょうか。あるいは、何かの犯罪に巻き込まれたということは？」

煮え切らない彼らの態度に苛々してきて、奈緒がそう問いかけると、二人はさっと顔色を青くしたものの、力なく首を横に振った。

「犯罪など、とんでもない。その、実は昨日、私が娘を叱りつけてね。それでつい衝動的に家を飛び出してしまったようだ。おそらく今頃は反省して、しかし帰るに帰れず、どこかに身を隠しているのだと思う」

雪乃の父は恰幅《かっぷく》の良い口髭《くちひげ》のある男性で、普段患者を前にしている時は堂々として威厳のある態度をするのだろうけれど、今は何かに怯えつつ虚勢を張る中年男性にしか見えなかった。

雪乃に似て線の細い母親のほうは、さっきから目元にハンカチを当てながら、「こんなことになるなんて、どうしたら」「聞き分けのいい子だと思っていたのに」とぐずぐず愚痴《ぐち》めいたことを呟くばかりだ。

あの雪乃が親に叱られるようなことをするというのも意外だが、それだけで衝動的に飛び出すなんて行動をとるのも、にわかには信じがたい。彼らの表情と態度からは、他にも何か口にできない事情があるらしいことがほの見えたが、それを女学生である奈緒には絶対に言わないであろうということも判った。

それに、あちらはあちらで、奈緒が雪乃のことについて何か隠しているのではないかと疑っているようだ。

「君はあの子と仲の良い友人だと聞いたが」

「はい。雪乃さんには非常に良くしていただいて」

「その……では、あの子に何か聞いていなかったかね。不平や不満をこぼしたりしていなかったか」

どうやら雪乃には、不平や不満を言いたいような何かがあったらしい。猜疑心《さいぎしん》を乗せてこちらを窺《うかが》う視線は正直不愉快だったが、それよりも、何も気づいてあげられなかった自分の不甲斐なさに落ち込みそうだった。

「いえ、特に……雪乃さんはあまりそのようなことをおっしゃらない人でしたから」

その返事に、二人は明らかにホッとした表情になった。もしかして、ここに来たのはそれを確認するつもりだったのではないかと、つい穿《うが》った考え方をしてしまう。

「あの、雪乃さんを捜すのに人手が足りないということでしたら、女学校の友人たちにも声をかけましょうか」

奈緒がそう提案すると、今度は夫婦二人してぎょっとしたように目を剝《む》いた。

「冗談じゃない、そんな世間体の悪い……いや、それには及ばないとも。うちの娘の不始末は、我が家で片付ける」

雪乃がいなくなったのを「不始末」と決めつけて、彼女の父は憤然《ふんぜん》と息を吐いた。掛けていた椅子から立ち上がる。

「……手間を取らせて申し訳なかった。奈緒さん、といったか。雪乃は必ずこちらで見つけ出すから、この件は他言無用でお願いする。なんといっても、雪乃はもうじき結婚を控えた身だ。変な噂でも立ったら、困るのはあの子なのだからね」

まるで脅すような目つきで釘を刺された。内心でムッとしたが、それは表には出さず、

「お力になれず、残念です」と自分も立ち上がる。

応接間を出ていきながら、雪乃の母が涙声で「あなた、西藤《さいとう》さまにはなんと言えば……」と小さく囁《ささや》く声を耳で拾った。父親のほうがそれに対して「バカめ、あちらには何も言わんでいい。雪乃を見つければ問題ないんだ」と怒ったように返す声もだ。

パタン、と扉が閉じられると、ずっと部屋の隅で控えていたばあやが、呆れたようなため息をついた。

「まあ、なんでしょうねえ。娘さんがいなくなったというのに、ご自分たちの体面ばかりを気にしているようでしたよ」

本当ね、と返事をして、奈緒は今自分が着ている着物を見下ろした。こんなことなら動きやすい袴姿のままでいればよかった、と考える。

だが、着替える時間がもったいない。

「じゃあ、ばあや、行ってくるわね」

当然のように声をかけると、ばあやは「は!?」と目を見開いた。

「行くって、まさか、お嬢さま」

「もちろん雪乃さんを捜しにいくのよ。あのご両親に任せておいたら、見当違いの場所を延々と廻《まわ》りかねないもの」

「んまあ、何をおっしゃってるんですか！　もう夕方で、これから暗くなるんですよ！お嬢さまこそ危ない目に遭ったらどうするんです！」

「まだ夕方、でしょ。夜になるまでには戻るわ。それでも見つからないようなら、その時にまた対応を考えないと。場合によっては、ご両親が反対しても警察に駆け込むことになるかもしれないから、ばあやも心の準備をしておいてね」

それだけ言うと、奈緒はさっさと扉を開けて部屋を出た。

後ろから、「お嬢さま！　ちょっと！」という悲鳴じみた声が追いかけてきたが、玄関から出てしまえばそれも聞こえなくなった。


外はそろそろ陽が傾きつつあった。

この分では、すっかり周囲が闇に覆われるまで、あと二時間もないだろう。あの両親がもっと早くに来てくれれば、とは思うが、できるだけのことはしようと心に決めた。

自発的に家を出たのであれ、何かに巻き込まれたのであれ、雪乃がどんなに心細く、恐ろしい思いをしているだろうと思うと、気が急くばかりだ。近頃はずいぶんと瓦斯灯《がすとう》が普及してきたとはいえ、このあたりはまだ夜になると真っ暗になる。

奈緒はまず、女学校へ通じる道筋を丹念に辿ることにした。

衝動的に飛び出して、特に目的地がないのなら、まずは毎日のように歩いて慣れ親しんだ道を無意識に選んでしまう、というのはありそうなことだと思ったからだ。雪乃のような娘が、いきなり知らない場所へ闇雲に走っていくというのも考えにくい。

何か手がかりはないかと、下を向きながらゆっくりと歩く。見つかってほしいような、見つかってほしくないような、複雑な心境だ。いっそこうしている間に、親戚の家で寛いでいる雪乃が発見された、ということにならないだろうかと祈るように思う。

そうしたら奈緒は怒って、叱って、ちょっと泣いてから、笑って許すのに。

視線を地面に固定したまま真剣な顔をして歩く奈緒に、たまに行き交う人々が「落とし物かい？」と声をかけてくる。彼らに雪乃の特徴を話した上で、見かけなかったかと訊ねてみたが、何も収穫はなかった。

いつしかそれらの声がすっかり聞こえなくなり、ふと気づけば奈緒は「あやしの森」のところにまで来ていた。周りには自分以外、人の姿はない。薄く茜色に染まりかけた上空にはカラスさえ飛んでいなかった。

しんとした静寂だけがある。

この場所に一人きりであることを自覚した途端、急に、ひやりと冷たいものが背中を這い上がった。

疲労とはまた別の理由で、鼓動が速くなる。どくんどくんと心臓が胸の内側を叩いているようだ。さっきからうなじのあたりがちりちりと逆立つような気がしている。なぜだろう、ひどく落ち着かない。

考えてみれば、今は黄昏時《たそがれどき》にさしかかった頃合いだ。人が支配する昼から、魔物が支配する夜へと移り変わる、中途半端な時刻。そこにいる人に「誰《た》そ彼」と問いかけることで、あの世に連れていかれることを防いだという。

暗がりの中、自分の前に立っているその相手は、果たして人なのか、あるいは魔性のものなのか判らないから——

それが黄昏、逢魔《おうま》が時。

「だめだめ、そんなこと考えちゃ」

奈緒は慌てて頭《かぶり》を振った。きっと、雪乃から聞いた森についての噂を思い出してしまったためだろう。この新時代に、魑魅魍魎《ちみもうりょう》なんて馬鹿げている。

つい早足になってしまったが、それでも森の前を歩く奈緒の視線は地面に向いていた。こんなところに何もあるわけない。あるはずがない。お願いだから、何も見つかりませんように。

しかしその足が、ぴたりと止まった。

「ああ……」

唇から呻《うめ》くような声が出た。眉が下がり、顔が歪《ゆが》む。

震える手で、落ちているものを拾い上げた。

白いリボン。間違いない、いつも雪乃が自分の髪を結わえていたものだ。

そのリボンは、森の入り口に立つ木の根元に落ちていた。おそらく張り出した小枝に引っかかったのだろう。

まるで、持ち主がそこに入ったことを教えるように。

躊躇《ちゅうちょ》したのは数分だ。奈緒は意を決して顔を上げ、唇を強く引き結ぶと、あやしの森に踏み入った。

森の中はさらに暗かった。夕日の黄金色の輝きも、この場所では半分が葉によって遮られてしまう。それらの間から漏れてくる光を頼りに、奈緒はおそるおそるといった調子で進んでいった。

自生しているのは大半がブナの木のようだが、それらの中にはずいぶん樹齢が古そうなものもあった。ずっと昔から、形を損なわず続いてきた森なのだろう。道などというものはないので、縦横無尽に生えている下草を踏み、ぼこぼこと露出している太い根を避けながら、少しずつそろそろと歩いていくしかない。伸びた枝に着物の袖が引っかかって、余計に難儀した。

祟りを怖れて誰も手が出せない——という雪乃の言葉を思い出し、ぶるりと身を震わせる。

奈緒だって本当は、怖くて怖くてたまらない。人を食べるという魔物の話もそうだが、もっと現実的な問題として、獣や虫に襲われたらどうしようという切実な恐怖もある。いくらしっかりしていようと、奈緒とて年頃の娘、ミミズもムカデも蛇も、見かけたら大音量の悲鳴を上げてしまうくらい大の苦手だ。

さっきから暑くもないのに汗が止まらなかった。顔からはすっかり血の気が引いて、ばくばくという心臓の音が頭にまで響いている。ガサッとどこかでかすかな音が鳴ると、そのたび過剰に反応して飛び上がった。

奈緒の足が止まらないのは、ひとえに、手に握っている白いリボンのためだ。

考えたくはないが、親に叱られとぼとぼと夜道を歩いていた雪乃が、何者かの手によって無理やりこの森の中に引きずり込まれたのではないかという恐ろしい想像が、頭から離れない。

悲しいことに、そのような事件は枚挙にいとまがないほど数多く起きている。奈緒の妄想で終わればどんなにいいかと思うのだが、リボンを見た瞬間に膨れ上がった嫌な予感は、消えるどころか身体の内部を圧迫し、苦しいほどだった。

「ゆ、雪乃さん、奈緒よ……雪乃さん、いるの？」

声を上げても、返ってくるものは何もない。

ただ静寂だけが支配しているその場所で、奈緒は奇妙なことに気がついた。

そういえば、やけに静かすぎないだろうか。ここは森の中なのだし、せめて鳥の囀《さえず》る声や、羽ばたく音くらいは聞こえてもよさそうなものなのに。

小動物が足元を駆け抜けていくということもない。どこかに隠れているという様子もない。そもそも生き物の気配がしない。

――この森はなにかおかしい。

「おい」

「きゃあっ！」

いきなり後ろから声をかけられ、奈緒は悲鳴を上げた。

飛び出しかけた心臓を着物の上から押さえて、ぱっと振り返る。その場にへたり込まずに済んだのはただの幸運でしかなく、実のところ、腰が抜ける寸前だった。

「おまえ、こんなところで何してる？」

そこにいたのは青年だった。

十代後半か、二十代はじめといったところだろうか。

着物ではなく、白いシャツに黒いベストとズボンという洋装姿だ。無造作な着こなしだが、さっぱりしていて破落戸《ごろつき》という感じはしない。

長めの前髪から覗く眼は非常に鋭く、形良く配置された鼻と口も合わせて全体的に整ってはいるものの、美形というよりは強靭そうな印象が先に立つ。

尖った顔立ちも引き締まった身体つきもどこか野性味を帯びているが、不思議と粗暴な雰囲気はなかった。

……しかし、明らかに普通でもなかった。

「あ、あなたこそ、何？」

問いかける奈緒の声には、警戒心よりも戸惑いのほうが強く出ている。

なにしろ、青年の左肩には、真っ黒なカラスが忠実な家来のごとく乗っているのだ。

不愛想な顔でじろじろと不躾《ぶしつけ》に睨んでくる青年と違い、そちらは動きもせず、深い闇のような瞳でじっと奈緒を見つめている。

その喉元には、三日月のような形の赤い模様があった。

そしてそのカラスだけではなく、青年はその背中にも、物騒なものを携えていた。

日本刀である。

黒鞘《くろざや》の刀を、彼はまるで荷物でも背負うように平然と、紐で括《くく》りつけているのだった。

明治九年に廃刀令《はいとうれい》が布告され、武士という身分もなくなった今のこの日本で、二十そこそこの若者が堂々と刀を持っているなど、どう考えても異様だ。

「俺の質問に答えな。なんの目的でこの森に入った？」

青年は奈緒の混乱には頓着せず、それこそばっさりと切って捨てるような言い方で返答を要求した。拒むことも逃げることも許さないという、苛烈で不遜な、上からの態度だった。

ここでむくむくと、奈緒の内部に腹立ちが湧《わ》き上がってきた。

「あなたにそんなことを説明する義務はないと思うけど」

奈緒が真っ向から言い返してきたのが意外だったのか、青年は少し目を見開いた。

「勝手に入ってきたやつが何を偉そうに……ここは、おまえのようなお嬢さんが遊びにくるところじゃない。さっさと出ていけ」

「遊びでこんなところに来るわけないじゃないの」

「だから理由を言えと言ってるんだ。明らかに胡散臭《うさんくさ》いやつに誰何《すいか》をすることの、何が問題だ？」

「刀を持って、カラスを肩に乗せている人よりは胡散臭くないわよ。誰が好きこのんでこんなところに来ようと思うもんですか。のっぴきならない事情があるに決まってるでしょう」

冷静な判断力があれば、日本刀を背負った相手にこんな強気に出るのはまずいのではないかという考えも浮かんだだろうが、そんなものはすでに奈緒の頭からすっかり吹き飛んでしまっていた。異常事態ばかりが続いて、少々やけくそ気味になっていたのかもしれない。

「その事情はなんだと訊いている」

「無関係の他人にぺらぺら話せるようなことじゃないわ」

そして青年は、苛立ったように眉を上げはするものの、刀に手をかけて脅すような素振《そぶ》りも、力にものを言わせてもいいんだぞという空気を発することもなかった。不愉快そうに口を曲げ、「……なんだこの跳ねっかえり」と呟いている。

その時、ふいにカラスが首を廻して青年のほうを向き、

「トーマよ、まあそうカリカリするな」

と、宥めるように言った。

奈緒は棒立ちになって固まった。声を上げることも、今度こそ腰が抜けることもなかったのは、もっけの幸いだ。人間というのは、あまりにも驚きすぎると、かえって反応ができなくなるものなのだろう。

「若いムスメゴに、そのような言い方は感心しないぞ。オマエはもう少し、女心を勉強せねばならんなあ」

カラスが人間の男に、女心を学ぶ必要性を説《と》いている。

それは不思議な感覚だった。ギャアギャアというカラスの鳴き声はちゃんと聞こえる

のに、その声と重なるようにして、「人の言葉」もまた耳に届くのだ。

これは幻聴なのか。幻聴であってほしい。カラスが今にもため息をつきそうに小首を傾《かし》げているのも、片脚でトントンと青年の肩を叩くその仕草がやけに分別《ふんべつ》臭く見えるのも、きっと自分の気のせいだ。

奈緒は必死にそう思い込むことで、狼狽《ろうばい》を押し隠した。全身だけでなく表情も硬直しきっているが、まだあちらには気づかれていないらしい。ここが暗くてよかった。

なんだか……なんだか、ここで「カラスが人の言葉を」と騒ぐと、非常に厄介なことになる気がする。

青年はカラスから説教されて、わずかに唇を尖らせた。それまでの傲岸《ごうがん》な態度が引っ込んで、なんとなく親に叱られてふてくされる子どものように見える。

「……こっちは急いでるんだ。何をしに森に入ったかだけを言え」

台詞は相変わらず不愛想な命令調だが、先程よりは剣呑《けんのん》さが和らいだ。奈緒に対する気遣いというより、カラスの手前しょうがなく、という感じだった。

「……あっ、えーと、その」

はっと我に返り、奈緒は急いで思考を巡らせた。

今すぐ、全力で、この場から立ち去りたい。聞こえてくるカラスの言葉が幻聴なのかそうでないのかも、もはやどうでもよかった。とにかく、青年にも、カラスにも、おかしなことばかりのこの状況にも、これ以上関わるべきではないと頭ががんがん警鐘を鳴らしている。

「ゆ、友人を捜していたの……でも、そうね、ちょっと無謀だったかもしれないわ」

こうなったら一旦森を出て、誰か大人の手を借りよう。雪乃の両親も、このリボンを見れば考えを改めて警察に任せる気になるはずだ。

じりじりと後退しながら殊勝なことを言うと、青年は納得するどころか、「友人だと？」と片眉を上げた。せっかく後ろに下がったのに、大股で一歩こちらに詰め寄ってくる。やめて、近づいてこないで。

「友人って、どんなやつだ」

「じょ、女学校の……」

「十代の娘か？」

「そ、そうよ」

「ほうら見ろ、ワシがさっき見かけたのは、コレとは別のムスメだと言っただろう」

「雪乃さんを見たの⁉」

食ってかかるように叫んでから、あっと思って手で口を塞いだ。

青年とカラスがぴたりと口を閉じ、動きも止めて、まじまじとこちらを凝視する。どっと汗が噴き出した。

「おまえ、今……」

「ムスメ、今、ワシの言葉に返事をしたな⁉　この声が届いているのだな⁉　なんと！

見つけた！　見つけた！　とうとう見つけたぞ！」

　青年は信じられないという顔をしたが、カラスは大喜びではしゃぐように彼の肩の上でバサバサと大きく羽ばたいた。

　奈緒は慌てて首を横に振った。

「しっ、知らない！　何も聞こえてない！」

「今さら遅いわ！　逃がすと思うなよ、ムスメ！　ようやく見つけたギョウゲツ家の嫁だ！　当主トーマの伴侶だ！　めでたい！　ワシの役目も果たせた！　めでたい！　今日は祝いだ！」

「は、はあ？」

　嫁とか伴侶とかの単語が聞こえて、奈緒はぎょっとして目を剝いた。

　翼を広げてぴょんぴょんと飛び跳ね、文字どおり浮かれるカラスを横目に、青年は「おまえが……？」とあからさまにイヤそうな顔をしている。

「ムスメ、よく聞け！　ここにいるトーマは、由緒あるギョウゲツ家の現当主である！　ギョウゲツはその特殊な性質ゆえ、伴侶とする者には厳しい条件が課せられるのだ！　すなわち、ワシの言葉を理解できるオナゴのみ！　ついぞ見つからず、トーマが不憫《ふびん》でならんかったが、今ここにその条件を満たした者が現れた！　トーマの嫁だ！　めでたい!!」

　は!?　と今度はさっきよりも強い声が出た。

「よかったのう、トーマ!」

「何度も言うが、気乗りしない」

「じょっ……冗談じゃないわよ!」

怒り心頭で、奈緒は大きな声を出した。

よかったよかったと喜ぶカラスはもとより、顔をしかめる青年にも腹が立つ。なぜ奈緒の意志を無視して、不満げな表情をしているのか。そんなめちゃくちゃな話、気乗りしないどころではなく、断固としてお断りだ。

いくら自分で人生を決められないとはいえ、喋るカラスを肩に乗せた正体不明の青年の嫁になんて、そんなわけのわからない事態に巻き込まれてはたまらない。

「気の強い嫁だの、トーマ」

「勝手に決めないでったら！　嫁になんてなりません！」

「ウーム、先代当主夫婦が亡くなってから十年、あちこちを探しておったが、こうして嫁自らこちらに来てくれるとは。何度も呼びかけた甲斐があった。ワシの苦労も報われる。いや、これも運命《さだめ》というものか……」

「ちょっと、しみじみしないで！　大体、わたしがここに来たのは雪乃さんが――」

そこで、はたと口を噤《つぐ》んだ。今になって森に入ったそもそもの理由を思い出し、ぎゅっと眉を吊り上げる。

素早く手を伸ばすと、カラスの首根っこを引っ摑《つか》んだ。

「イテテ、イテテ、コラ何をする、嫁」

「嫁って呼ばないで。それより、さっき雪乃さんを見たって言ったわね？　それはいつ？　やっぱりこの森の中にいるのね？　どのあたりにいるの？」

「よせ、赤月《あかつき》に乱暴な真似をするな」

カラスを締め上げて問いを重ねる奈緒を、青年がうんざりした様子で止めた。

ちらっとどこかに顔を向けてから、奈緒を見て眉を寄せる。何かを迷っているらしい彼に、カラスが「ギョウゲツ家の嫁になる人物なら話は別だ、トーマ」と耳打ちした。

青年は小さなため息をついてから、いかにも不本意といった顔と態度で、

「——ついてこい」

と短く言うと、くるっと背中を向けて駆け出した。


青年はまるで獣のような身のこなしで、木々の間を縫うようにして疾走した。柔軟で力強く、おまけに軽やかだ。四方の障害物などものともせずに地面を蹴り、伸びた枝を飛び越えて、あっという間にぐんぐん先へと進んでいってしまう。

あまりにも速いので、奈緒は何度もその背中を見失い、木の根につまずいて転びそうになった。そのたびにカラスが「ホラ嫁、しっかりせい、こっちだ。そこに穴があるから気をつけろ」と励まして道案内をしてくれる。

さっさと先に行ってしまった青年よりも、カラスのほうがずっと親切だ。奈緒はぜい

ぜいと息を切らしながら、内心で毒づいた。ついてこいと言ったわりに、一度たりとも後ろを確認しないとは、どういう了見なのだろう。

ようやく足を止めた青年になんとか追いついた時も、彼はこちらを振り返ることなく、前方だけを向いて立っていた。

文句を言おうとしたら、その前に声が聞こえた。

「――止まれ。その先に進むな」

てっきり奈緒に対して言ったのかと思ったが、違う。青年の背中に隠れて見えないが、向こうに誰かがいるらしい。その誰かに対して、彼は厳しい声で警告を発しているのだ。

息も絶え絶えだった奈緒は、呼吸が整ってくると同時に、やっとまともな思考を取り戻した。そうだ、先程からの話の流れから考えて、そこにいる人物に該当するのは一人しかいないではないか。

慌てて足を踏み出し、青年を押しのけるようにして前に出る。彼に並んだところで横から伸びてきた腕に行く手を塞がれたが、その姿を視界に入れることはできた。

「ゆ、雪乃……さ、ん……？」

疑問形になったのは、そこにいる娘の姿が、奈緒の頭の中の像と重ならなかったためだ。

薄暗い森の中で、雪乃は上から降り注ぐ金色の光を浴びて、きらきらと輝いているように見えた。

全身の輪郭がぼんやりと浮き上がり、まるで彼女自身が淡く発光しているかのようだ。それは神秘的な眺めではあるけれど、神々しく美しいというよりは、どこか不気味で、禍々《まがまが》しく恐ろしいもののように感じられた。

どれだけ歩き回ったのか、彼女は草履も履いていない。白かっただろう足袋《たび》は真っ黒に汚れ、着物の裾も泥と草の汁に染まっている。枝に引っかけたらしく袖が破れ、いつもきちんと整えられていた三つ編みは見る影もなく解けて乱れていた。

そんな痛々しい恰好なのに、雪乃は微笑んでいる。いや……たぶん、微笑んでいる、のだろう。こちらを向く彼女の顔には影が落ちて、はっきりとは見えない。

葉の間から漏れる夕日の輝きを全身にまとわせていてもなお、なぜか雪乃の顔だけは黒く塗られているかのようだった。

ぞくりとした。

誰そ彼——逢魔が時に出会う、あれは誰？

そこにいるのは、果たして人か、あるいは魔性のものか。

「まあ、奈緒さん」

雪乃は奈緒を認めて、優しげな声を出した。

耳で聞くだけなら、いつもの彼女の声と口調そのものだ。しかし奈緒はその事実にかえって背筋が寒くなった。そんな声、そんな言い方は、普通この状況下では決して出されるはずのないものだ。

奈緒は両手を組み、ぐっと強く握り合わせた。

「ゆ……雪乃さん」

怯えるウサギに対する時のように、そろりと小さく呼びかける。強引に唇を笑みの形にして、可能な限り普段と同じ顔を保つよう努力した。

「捜していたのよ。さあ、こんなところは早く出て、お家に帰りましょう。ご両親も心配なさっていたわ」

どう見ても、雪乃の状態は正常とは言い難い。何があったのか……いや、何もなくとも、雪乃のような娘にとって、外で夜を明かすなんて耐えられないくらいの恐怖と苦痛があったのだろうと想像できる。

ゆっくり休めばまた元の彼女に戻れるはず——きっと。

「そうなの？　ごめんなさい、奈緒さん。でもね、わたしもずっと探していたのよ」

柔らかく紡《つむ》がれたその返事に、奈緒は戸惑った。

「探していた……？　出口を？」

「いやね奈緒さん、違うわよ。魔物を探していたの」

「え？」

聞き間違いだと思った。あるいは、似た言葉の何かだと。まもの……まものって？

魔物を探していた？

「あやしの森に棲《す》みついているという魔物よ。奈緒さんにも話したじゃない、忘れたの？　わたし、その魔物を探していたの。お願いごとをするために」

「お、お願いごと？」

奈緒の困惑は大きくなる一方だ。雪乃はさっきから一体何を言っているのだろう。

ふふふ、と雪乃が笑う。いや――唇の両端を吊り上げて三日月のような形にし、冷え冷えとした光を放つ瞳を細めているそれを、「笑う」とは言わない。

嗤《わら》っている。

「両親と婚約者を食べてくださいって」

夢見る少女のように軽やかに願いを口にする雪乃に、奈緒は慄然《りつぜん》とした。

「な……何を言っているの、雪乃さん」

これはいつもの雪乃ではない。しかし、雪乃本人であることは間違いない。彼女を無理にでも引っ張っていけばいいのか、それともできるだけ刺激しないほうがいいのか、奈緒には判断できなかった。

「ねえ、どうやって食べてもらうのがいいと思う？　ばりばりと頭から嚙《か》み砕く？　それとも腕を引き千切《ちぎ》る？　ああ、いいえ、まずは足からよね、逃げられてしまわないように。どれだけ血が噴き出るかしら。あんな人たちでも、その血は赤いのかしら。肉は美味しいのかしらね？　婚約者は硬そうだし、お母さまは萎《しな》びているし、お父さまはブヨブヨで脂身が多そうだわ」

ぞっとするようなことを楽しげに話し、あははは！　と笑い声を上げる。喉《のど》を仰《の》け反らせ、大きく口を開けて。

その顔に、淑やかで大人しい娘の面影《おもかげ》はなかった。

「ゆ、雪乃さん、落ち着いて。聞いたわ、お父さまと何か諍《いさか》いがあったのですってね。お家に帰って、もう一度ゆっくり話し合いをすれば……」

真面目な性格なだけに、雪乃は親に叱られたことを重く捉えすぎているのかもしれない。だとしたら、まずはそれを少しでも軽くしてやるべきだ。

そう思って奈緒が出した言葉は、しかし、まったく彼女の心には響かなかった。

「話し合い？」

雪乃は口元からすっと笑いを消して、奈緒に冷たい一瞥《いちべつ》をくれた。こんなにも怒りと軽蔑を孕《はら》んだ視線を向けられるのは、はじめてだった。

「バカね、奈緒さん。あの人たちと話し合いなんてできないわ。だってちっとも話が通じないんだもの。わたしの言葉は何一つ二人の耳には入らない。きっと、わたしとは別の生き物なのね。だから魔物に食べさせても大丈夫よ」

「雪乃さん――」

話が通じない、こちらの言葉が耳に入らないという点では、現在の雪乃も同じようなものだ。一体、どう説得すればいいのだろう。

思わずもう一歩前に出たところで、強い力でぐいっと後ろに引っ張られた。驚いて見ると、青年が何を考えているのか判らない無表情で奈緒の腕を摑んでいる。

「もういいだろ。何をしたところで無駄だ」

突き放すような言い方に、奈緒は眉を上げた。

「このまま放っておけって言うの？　そんなこと、できるわけないでしょ！　ちゃんと話をすれば、いずれ冷静になって」

「無駄だと言っている。それに放っておくことはしない」

青年がそう言いながら、雪乃に視線を据《す》えたまま、右手を肩の上へと伸ばした。背中に括りつけていた日本刀の柄をぐっと握り、鞘から引き出す。

スラリと剝き出しになった白刃が、光を反射して妖しく煌《きら》めいた。

「な……」

「確認した。あの女はもうおまえが知っている友人じゃない。『妖魔憑《ようまつ》き』だ」

青年が背中の刀を抜いたこと、そしてその刀がまごうことなく本物であることを目の当たりにして、奈緒は凍りついた。今さらのように、足元から震えがのぼる。

それに今、この男は何を言ったか。

——妖魔憑き？

「妖魔とは、闇から生まれ出づる異形のモノだ。闇のような漆黒で、人の影に潜み隠れ、人の心の闇に取り憑く、悪《あ》しき存在よ」

カラスの説明はちゃんと人の言葉として聞こえたが、奈緒にはその意味がまったく判らなかった。喋るカラスよりもさらに非現実的すぎて、頭が理解を拒んでいる。

「妖魔は、心の中に闇を抱え込んでいる人間を見つけると、いつの間にか忍び寄ってその影の中に入り込む。妖魔に憑かれると、その人間は思考を絡め取られ、感情を偏った方向に誘導され、怒りや恨みや憎しみを引き出される。そして操られているという自覚もないまま行動し、悪事に手を染めるんだ」

カラスに続けて青年が淡々と言ったが、奈緒はまだ茫然《ぼうぜん》としていた。

はっとしたのは、青年が雪乃に向けて刀の先端を突きつけたところを目にしたためだ。

「まっ、待って！　ちょっと、雪乃さんに何をするつもり⁉」

「だからこいつは妖魔憑きだと言っている」

「妖魔に憑かれたら、速やかに手を打たねばならんでの。さもなくば、どんどん周囲に悪意をまき散らし、人に危害を加え、災いを起こすようになる。そうならぬよう、はるか昔より妖魔を封じる役目を代々担い続けてきたのがギョウゲツ家だ。トーマはそのギョウゲツ家の最後の生き残りなのだぞ」

妖魔を封じることを役目とするのがギョウゲツ家、その当主が今ここにいる青年だと、カラスが言う。いっぺんに情報を与えられて、奈緒は目が廻りそうだ。

「そ、その話がたとえ本当だとしても、今の雪乃さんに妖魔が憑いているとは」

「確認したと言っただろう。おまえが時間稼ぎをしていた間にな」

「さすがトーマの嫁になるムスメだ、これぞ内助《ないじょ》の功《こう》だのう。ホッ、ホッ、ホッ」

嬉しそうなカラスの言葉は完全に無視して、青年が何かを示すように、雪乃に向けていた刀の切っ先を動かし、その下の地面へと移した。

　そこに何があるというのか。奈緒はじっと目を凝らしてみたが、特に何も見つけられなかった。下草がみっしりと生い茂ったその場所には、上から差し込む幾筋もの線のような夕日の照射によって生じる影しかない。

　木々と葉の影。そして立っている雪乃の影。青年が指しているのは、ちょうどその頭の部分だ。雪乃の解けた髪が風になびいて揺れ……

　風なんて、まったく吹いていないのに？

　奈緒は息を呑んだ。

　それは確かにただの影に見える。しかし「本体」のほうの髪の毛は、まるで動いていない。にもかかわらず、頭の部分の影だけが、さわさわ、ざわざわとうねるように揺れ動いているのだ。蛇のように。触手のように。

　闇の生き物のように。

　奈緒の顔から血の気が引いた。気づいてみれば、これほど気味の悪い眺めはない。

「判《わか》ったか、こいつは間違いなく妖魔に憑かれている。だからここに入り込んだんだろう」

「愚かだのう。いくら人を操ったとて、アレを容易に見つけられると思うたか。哀れなのは、すり切れるまで一晩中森の中を彷徨わされたムスメの肉体だ」

　青年とカラスの会話に、奈緒は引っかかりを覚えた。

その言い方だと、雪乃がこの「あやしの森」に入ったのは、妖魔のほうに何か目的があったためのように聞こえる。

見つけるって、何を？　魔物を？

それとも、この森の中には、他に何か隠されているものがあると？

青年は奈緒の訝《いぶか》しげな視線に気づくと、すっと目を逸《そ》らして再び刀を持ち上げ、雪乃に向けた。

「とにかくそういうわけだ。妖魔が憑いていると判った以上、さっさと封じるぞ」

「ふ……封じるって、どうやって」

「いちばん手っ取り早いのは、影の中にいる妖魔を、憑かれた人間ごと斬ってしまうことだな」

「は⁉」

包んだ紙を中身ごと切ってしまえばいい、というような調子で出された答えに、奈緒は心底ぎょっとした。

「なに言ってるの⁉　だめよ、そんなこと！」

「殺しはしないから安心しろ。死体が出ると後が面倒だ」

「この人でなし！　だめ、雪乃さんを傷つけないで！」

「じゃあどうするんだ。このまま、あの娘が身も心も妖魔に侵食されていくのを、指をくわえて見ているつもりか？」

ぐ、と言葉に詰まる。もちろんこのままにしておくわけにはいかない。しかしどうすればいいのかなんて、奈緒にはさっぱり判らない。

「と、とにかく、ちょっと待って。もう少し雪乃さんと話をさせて」

また「無駄だ」と突っぱねられるかと思ったが、青年は口を結んだまま何も言わない。了承を得たと勝手に解釈して、奈緒は雪乃に一歩近づいた。

「……雪乃さん」

雪乃はもう奈緒のことを見てもいなかった。虚ろな瞳を何もない空中に据えて、唇を動かしぶつぶつと独り言を呟いている。

「雪乃さんは、親に決められた婚約者のことが好きではないのね？」

雪乃の唇が止まった。無感情な眼差《まなざ》しがゆっくりとこちらに向けられる。青白い顔にはぞっとするほど生気がない。

「……好きになれると思う？　二十も年上の、これまで二度も妻を離縁したような人よ。どちらの奥さんも、夫の暴力に耐えきれずに逃げ出したと聞いたわ」

奈緒は思わず絶句した。雪乃の両親は、そんな男を彼女の婚約者に決めたのか。

十六歳の娘に、その現実は惨《むご》すぎる。

「お金と権力だけはたっぷりあるの。お父さまはご自分の病院の後ろ盾《だて》が、喉から手が出るほど欲しかった。だから娘を売ったのよ。お母さまは、『何事も大人しく従っていれば大丈夫』と言うばかり。自分もそうだったから、娘の私もそうするのが当然なのですって。わたしは黙ってそこに嫁ぎ、病院の跡取りとなる男の子を産んで、お父さまとお母さまに引き渡す……ただそれだけでいいのだそうよ」

雪乃が乾いた笑い声を立てる。

が、すぐに笑いを引っ込めて、すうっと目を眇《すが》めた。

「――今までだって、親の言うことにはすべて従ってきたわ。一度も逆らったことなんてない。だって、そうしなければいけないと教わったんですもの。親には背くな、抗うなと。それ以外にどうすればいいかなんて、誰も教えてくれなかった。だからいつの間にか、お父さまもお母さまも、わたしのことを、ただ首を縦に振るだけの人形だと思うようになったのね。心なんてないのだから、どう扱ってもいいと考えている」

奈緒は唇を嚙《か》みしめた。

親の言うことは絶対で、逆らうことは許されない。そういう考え方、価値観が、この国にはまだしっかりと根付いている。雪乃も今まで懸命に自分を殺して、何も言わず、反抗せず、従順に過ごしてきたのだろう。

しかし、一人一人の娘にも、ちゃんと「心」はあるのだ。

「婚約者だって、わたしのことをお金で買った玩具《がんぐ》としか見ていない。これから十年、二十年、いえ一生、たとえ殴られても、他に妾《めかけ》を囲われても、わたしは何も言わずあの男に頭《こうべ》を垂れ、従わなくてはいけない」

自分をその男に差し出したのは両親なのだから、逃げたとしても帰る場所はない。雪乃の絶望はいかばかりであったことか。

奈緒は、そんな雪乃に対して「きっといいお嫁さんになれる」と言ってしまったのだ。軽率で無神経なその言葉に、雪乃は何を思っただろう。

今になって、激しい後悔に襲われた。

本当は、奈緒だってずっと鬱屈した思いを抱いていたのに。奈緒もまた、いろいろなものを胸の奥底に押し込めて、「しっかりした良い子」であり続けてきたのに。

自分こそが、彼女の理解者になるべきだった。

「雪乃さん！」

怒鳴るような声量で呼びかけて、奈緒はずかずかと雪乃に近づいていった。後ろで青年とカラスが「待て」と制止したような気がするが、構うものか。

がしっと両手で力強く雪乃の手を取って握りしめる。びくっと動いた細い身体が逃げるように後ろへと下がったが、奈緒は摑んだ手を離さなかった。

「ごめんなさい！」

正面からその顔を見つめると、雪乃はぽかんとした表情で見つめ返してきた。

「ちゃんと話を聞いてあげられなくて。気づいてあげられなくて。ひどいことを言って。ごめんなさい、何度でも謝るわ。――でも！」

奈緒は一瞬も雪乃から目を逸らさず、声を張り上げた。

「でも雪乃さん、まだ何も終わっていないじゃないの！　始まってもいない！　ねえ、これから道を変えることだってできるはずよ！　わたし、今度こそあなたの力になる！　ご両親のところに一緒に行って、きっぱり言い返してやりましょう！　婚約者は、殴られる前にこちらから殴ってやりましょう！　魔物に食べさせるよりも、きっとそのほうがスッキリするわ！　やり返してやるのよ、二人で！」

その言葉に、カラスが「おっかない嫁だのう……」と羽をすぼめた。

雪乃は目を丸くして動きを止めている。驚きからか、表情から毒気が抜けていた。

――さっきまで空虚だったその瞳に、やがて、ぽつんとした明かりが灯った。

感情の失せた顔が、徐々に歪み始めていく。

頬が震え、眉が下がり、曲がった唇からは引き攣《つ》ったような呻き声が漏れた。

ひっ、と息を吸い込むとともに、みるみるうちにその目が透明な水膜に覆われる。

「……っ、なっ、奈緒、さん」

「ええ」

「わ――わたし、ほんとは、本当はね……他に、す、好きな人がいるの……」

「まあ、素敵。だったらなおさら、こんなところにいる場合じゃないわ。森を出て、すぐにでも会いに行かないと」

「お、親の言うことを、聞かなくても、いいのかしら。いっ、嫌だと、言ってもいい？　わたしのこと、身勝手で恩知らずな、ひどい娘だと思う……？」

「誰だって、自ら進んで不幸になりたくないのは当然よ。ひどい娘だなんて思わない。

この道は間違いだと思うなら、自分の意志で別の方向へ行けばいいのよ」

雪乃の目から、大粒の涙がこぼれて落ちる。

ぎゅうっと手を握りしめると、痛いほどの力で握り返された。

「わたし、わたしね、ずっと、誰かに話を聞いてほしかった……味方になってほしかった……て、手を取って、一人じゃないって、言ってほしかったの……！」

その時だ。

足元の雪乃の影から、にゅるんと飛び出すように別の黒い影が長く伸びた。

「分離した」

青年が短く言って、手にしていた刀を素早くその影に向かって振り下ろす。

ひゅ、と鋭く空気を切る音がした。

滑るように地面を這ってどこかへ逃げようとしていた影は、刀が自身に食い込んだ瞬間、縫いつけられたようにぴたっと動きを止めた。

ざわりと一度、不気味に揺れたのは最後の抵抗か。

闇色がすうっと薄まり、端のほうから少しずつ消えていく。まるで、床に撒《ま》いた墨汁を綺麗に拭《ぬぐ》い取るかのようだった。

それが完全になくなった後で、青年が刀を引き抜いて持ち上げる。

輝く白刃は、はっきりと黒く染まっていた。

それと同時に、がくっと雪乃の全身から力が抜けた。慌てて支えたが、どうやら気を失ったらしい。

「ど……どうなったの？」

呆気《あっけ》にとられて奈緒が問いかけた時には、青年はもうすでに黒くなった刀身を鞘に収めてしまっていた。静寂の戻ったその場に、チン、という音が響く。

「ようやった、嫁！　いや、ナオだな！　ナオの呼びかけで、あのムスメの心が自力で妖魔を追い出したのだ！　妖魔はトーマの刀に吸収された！　もう大丈夫だ！」

「吸収……」

理解はできないが、カラスのその言葉に安心して、奈緒は雪乃を抱えたままその場にしゃがみ込んだ。今になって緊張が解け、一気に疲労感が押し寄せる。

雪乃が無事なら、妖魔が吸収されようが、封じられようが、どうだっていい。

「ウム、さすがトーマの伴侶たるオナゴだの！　ワシはアカツキだ、これからもよろしく頼むぞ、ナオ！」

ちっともよろしくしたくないので奈緒はそれに返事をしなかったが、上機嫌のカラスはせっつくように青年の肩を嘴で突っついた。

眉を寄せた青年がカラスを見てから奈緒に目をやり、仕方ない、というようにため息をつく。

「……暁月当真《ぎょうげつとうま》」

いかにも渋々という感じで素っ気なく名乗った。

第二話　誰《たれ》か烏の雌《し》雄《ゆう》を知らんや

奈緒の友人、実川雪乃は駆け落ちを決行した。

女学校は大騒ぎだ。雪乃の両親は決してその事実を認めないし、教師たちも知らぬ存ぜぬの一点張りだが、そういう噂はどこからともなく流れて、広まっていくものである。当然、同級生たちはこぞって奈緒に真偽を確かめに来た。ここしばらく、雪乃がいちばん仲良くしていた友人は奈緒だ。この件について何か知っているに違いないと期待を膨らませるのは、もっともな成り行きだった。

そのたび、奈緒は悲しげに眉を寄せ、頬にそっと手を当てると、

「……ごめんなさい、わたしもよく知らないの。でもそうね、雪乃さんのご両親は『深刻な病にかかり遠い地で療養することになった』と話しているのでしょう？　それが本当なら、二十も年上の暴力癖のある男性のもとに嫁がされるよりは、まだ幸せではないかと……あらいやだ、今のは聞かなかったことにしておいて」

と、白々しく切なげなため息とともに答えておいた。

その返事に学友たちが一斉に色めき立ったのは言うまでもない。

噂はかなりの脚色も加わって女学生らの口からその親たちにも伝わり、雪乃の両親は今、周囲から相当に白い目で見られているようだ。

雪乃の婚約者だった西藤某《なにがし》にも、連日のごとく責め立てられているらしい。


「――意外と悪辣《あくらつ》なオナゴだのう」

感心なのか呆れなのか……どちらかというと感心のほうの割合が多そうな調子でそう言ったのは、喉元に赤い三日月形の模様が入ったカラスである。

一緒に女学校へ通ってくれた雪乃がいなくなり、奈緒は今、毎日一人でその道を往復している。お喋りをする相手がいなくて寂しい道中になるかと思ったが、それはまったくの杞憂《きゆう》に終わった。

雪乃よりもよっぽど口数の多い赤月が、あやしの森の前を通るたびに飛んできて、奈緒につきまとうようになったからだ。

「人聞きの悪い言い方をしないで。わたしは何一つ、嘘は言っていないわよ」

今日も今日とて、帰り道の途中でやって来た赤月に肩に止まられ、雪乃のその後について教えろとしつこく要求されている。袴姿の女学生と黒いカラス、という奇妙な取り合わせを誰かに見られたらどうしようと、奈緒は気が気ではなかった。

「ウソは言っていなくとも、本当のことも言っていないのだろう？」

「当たり前でしょう」

言えるはずがないではないか。雪乃が好きな男と手に手を取って親のもとから逃げ出したのは間違いなく真実だ、などと。

雪乃の意中の相手というのは、実家の病院に出入りする薬問屋《くすりどんや》で働く若者だった。もともとはあちらのほうが雪乃を気にかけていて、顔を合わせるたびに二言三言言葉を交わし、雪乃が落ち込んでいるようなら励まし慰め、時には花などをそっと置いていくという、じれったくも初々しい交流を、二人は水面下で続けていたそうだ。

真っ暗な未来しか見えない中で、彼の笑顔と、決して押しつけがましくないその思いやりだけが、自分にとっての希望の光だった、と雪乃ははにかみながら言った。

「それで結局、ナオとあのムスメは親と婚約者を殴りつけたのか？」

赤月が最も気になっているのはその点らしい。奈緒は首を横に振った。

「いいえ。殴ってはいないけど、ご両親にははっきりと『嫌だ』と言ったんですって。すべて、雪乃さんが自分の意志で動いたのよ」

奈緒は宣言どおり、両親の説得の際には自分も一緒に行くと言ったのだが、雪乃がそれを断ったのだ。

――奈緒さん、わたし、今回のことで、少し自分を見直したの。いつも親の言うことを聞いて泣くばかりだったわたしが、一人であの森の中を歩いたのよ。真っ暗で、不気味で、誰もが恐れる場所をよ。それに比べれば、お父さまに逆らうくらい、大したことはないんじゃないかと思えるの。

晴れやかな表情でそんなことを言ってのけた雪乃は、自身が妖魔に取り憑かれていたことはまったく自覚がなかった。あの場で顔を合わせたはずの刀を持った青年とカラスの存在も、記憶からすっぽりと抜け落ちていた。

それでも、あやしの森の中を一人で彷徨っていた時の恐怖と苦痛だけは、しっかりと彼女の心の中に残っているらしかった。

雪乃はそれを戒《いまし》めと支えにして、父母に対峙《たいじ》した。そして、自分は絶対にあの男と結婚はしない、ときっぱり申し渡した。

両親は——いや、父親はそれに激高したそうだ。ふざけるな、そんなことは許さない、おまえはこれまでどおり黙って親に従っていればいいんだと怒鳴り罵り、挙句、娘を部屋の中に軟禁した。

が、雪乃は諦めなかった。その時点で両親を見限り、行動を起こした。

人目を盗んで荷物をまとめ、書き置きを残して家を抜け出ると、その足で薬問屋へと走ったのだ。

相手の男は仰天したらしい。それはそうだろう。いくら好きでも手が届かないと思って諦めていた娘が、突然自分の腕の中に飛び込んできたのだから。

彼は雪乃から事情を聞き出すと、素早く決断したという。

——だったら僕と逃げてくれますか。今までのような恵まれた暮らしはさせてあげられないけれど、必ずあなたを大事にします。雪乃さんがいつも笑っていられるよう、死に物狂いで頑張りますから。

雪乃は迷うことなく、それに頷いた。

「ウーム、若いのう」

奈緒を「悪辣だ」と評した時と同じ口調で赤月は言ったが、今度のはかなり呆れのほうが上回っているようだ。

「それで駆け落ちとは、ちいと軽挙妄動《けいきょもうどう》ではないかの」

カラスのくせに、難しい言葉を知っている。

あまりにも速い展開に驚いたのは奈緒も同様だが、雪乃には他に道がなかったのだろう。もしも男に少しでも腰の引けたところが見えたなら、彼女は一人でも新天地を目指して飛び出していたはずだ。

雪乃は東京を離れる前に、こっそりと奈緒に会いに来てくれた。いつも穏やかに微笑んでいた雪乃だが、その時の彼女の表情は、何もかもが吹っ切れたように、さっぱりとしたものだった。

「これからどうなるかは判らないけど、わたし頑張るわ。この決断を後悔だけはしないつもりだし、彼にも後悔させたくない。苦労はあるでしょうし、もしかしたら泣きたいこともあるかもしれない。だけど、これから幸せになるための努力ができるというだけで、充分嬉しいの。今までは、それさえ考えられなかったんですもの」

静かな決意をたたえて、まっすぐ奈緒を見る雪乃は生き生きとしていた。淑やかで儚《はかな》げな娘だと思っていたが、その時の雪乃は誰よりも強く、前向きで、美しかった。

奈緒は自分の手持ちのお金をありったけ雪乃に渡した。金銭的な援助しかできないのが情けなかったが、雪乃は喜び、いつかきっと返すから、と律義に言った。

とりあえずは、二人で男の故郷に行くのだという。雪乃と彼の関係は誰も知らないはずだから、しばらく追手はかかるまい。せめて行った先で周囲が若い二人を温かく受け入れてくれることを願うばかりだ。

必ず手紙を書くわと約束をして、雪乃は元気に旅立っていった。

急に逞《たくま》しくなったその様子にほっと安心するような、けれどやっぱり心配なような、寂しいような、羨ましいような——奈緒の心情は複雑だ。

進むべき道を見つけた雪乃は、自分を置いて行ってしまった。

「しょんぼりしておるな。ウムそうか。ナオも早く結婚相手を見つけたいのだろう」

「今までのわたしの話をどう解釈したらそうなるの？」

「心配せんでも、オマエはもうトーマの嫁になることが決まって……グエ」

嘴の先を指で軽く摘《つ》まんでやったら、カラスらしい鳴き声が出た。いつもこうであればいいのに。それはそれでうるさいことに変わりはないが。

「さあ、これでもう満足でしょう？　飼い主のところにお帰りなさい」

「飼い主だと⁉　無礼なことを申すな、ナオ！　トーマは飼い主ではない！　ワシは飼われているわけではないぞ！」

「とにかく、家まではついてこないでね。カラスと喋っているところを見たら、ばあやが卒倒してしまうわ」

「その前にトーマに会っていけ」

「冗談でしょ」

「冷たい嫁だの……」

ぶつぶつ言いながら、赤月はバサッと翼を広げた。

「ナオはこのままっすぐ家に帰るのか？　寄り道はするでないぞ」

「大きなお世話だわ」

「最近、このあたりで物騒な事件が起きているのだ。知らんのか？」

そう言われて、奈緒も思い出した。なんでも近頃、暗い夜道でいきなり人が切りつけられるという通り魔事件が相次いでいるらしい。女学校でも、教師から気をつけるようにという注意勧告がされていた。

「もしかしたらそれも、妖魔に取り憑かれた人間の仕業《しわざ》かもしれんぞ」

「夜に一人歩きなんてしないから大丈夫よ」

「ユキノの時のことを忘れたか」

「あれは特別……それにまだ夕方だったじゃない」

「どうも信用ならん。ナオは少々、危なっかしい。せっかく見つけた嫁の身に何かあったら大変だからのう」

別に信用されなくても結構だと思ったが、赤月は何かを考えるような間を置いてから、首を後ろに回して自分の翼の中に嘴を埋めた。ギュッギュと軽く動かして身づくろいのような仕草をし、真っ黒な羽根を一本引き抜く。

「ナオ、これをやろう」

「え……要《い》らない」

　鳥にとっては贈り物なのかもしれないが、奈緒にはただの羽根である。しかもカラスの羽根なんて、いかにも不吉そうだ。

　そんなものをもらって喜ぶ趣味はないので拒否すると、赤月はバサバサと羽ばたいて抗議した。

「コラッ、要らないとはなんだ！　これはただの羽根ではない！　よいか、これを持っている者だけが、森の奥にあるギョウゲツ屋敷に辿り着くことができるのだぞ！　導き手となる貴重な羽根なのだ！　感謝してしかるべきなのだからな！」

「暁月屋敷？」

　そういえば、雪乃が以前に言っていた「あやしの森にまつわる噂」の中に、そういうのが入っていたような……と奈緒は考えた。

　実は森の奥深くに大きなお屋敷があって、そこに辿り着けた者はいないという——

「じゃあ、本当にこの森の中にお屋敷があるの？」

「そうだ。ギョウゲツ屋敷へは、選ばれた者しか行けぬ。喜べ、ナオはその選ばれたごく少数の中に入ったのだぞ」

「ありがとう、謹んでお断りします」

きっぱり言ってすたすたと歩き出したら、赤月は慌てて肩の上でぴょんぴょん飛び跳ねた。

「コラッ！　ナオ！　待てというに！　いいから受け取れ！　ホレ！　トーマもナオが来るのを、毎日首を長くして待っておるのだ、哀れだと思わんか⁉」

絶対嘘だと思ったが、赤月がぐいぐいと羽根を奈緒の頰に押しつけてくるので、仕方なく手を出して受け取った。そうしないと、ずっとついてきて騒ぎそうだ。

奈緒が羽根を手にするのを見て安心したのか、ようやく赤月が肩から離れた。

「よいか、何かあったら来るのだぞ！　いや何もなくても来ていいのだぞ！　いつでもいいからな！　トーマとしみじみ語り合って、互いに絆を深めるのだ！　そのまま男女の仲になってずーっと屋敷で暮らしても、ワシはまったく構わんからな！」

だんだん遣手婆《やりてばば》のようになってきた赤月にうんざりして、奈緒はそのまま黙って道を進んでいった。

後ろから、「来るのだぞお」という声が聞こえるが、振り返る気にもならない。

本音を言えば奈緒は、妖魔どころか、お喋りなカラスにも、刀を背負った不愛想な青年にも、これ以上関わりたくはないのである。あんな恐ろしい目に遭うのはもう懲り懲りだ。

どうせ使いやしないけど、と思いながら、奈緒はその羽根を懐《ふところ》にしまった。

敢《あ》えて赤月の忠告に反抗しようと思ったわけではないのだが、奈緒は家に帰る前に少し回り道をすることにした。

筆を新調する必要があったのを思い出したからだ。様々な店は大通りにまとめて立ち並んでいるため、ついでに小間物屋《こまものや》を覗いてリボンを見ていこうか、と考えた。

あやしの森の前で拾った雪乃のリボンは、慌ただしくしているうちについ返しそびれてしまった。落ち着き先が決まったら、新しいリボンを手紙に添えて送ろう。雪乃とお揃いで、自分用のを買ってもいい。

物騒な事件が――という赤月の言葉が脳裏を過《よ》ぎったが、まだこんなにも明るいし、少しくらいなら構わないだろう、と奈緒は大通りへと向かった。

そして着いてみたら、その考えはさらに強くなった。通りには多くの人が行き交っていて、「どいたどいた」と威勢のいい声を張り上げる荷運びの兄さんや、ガラガラと音を立てて人力車も走っている。

こんな賑やかなところに、わざわざ現れる通り魔がいるとは思えない。

往来を歩いている人々は、そのほとんどが着物姿だった。女性はおおむね小袖だが、男性は角袖外套《かくそでがいとう》や帽子を組み合わせた和洋折衷《わようせっちゅう》の恰好をしている人も多い。

当真のような洋装姿は、制服を着た学生以外ではなかなか見かけなかった。もちろん、帯刀している人物などいるはずもない。今になると、あれはまるで夢の中で起きた出来事のように思えてくる。

あの日以来、当真は姿を見せなかった。森の奥の屋敷に住んでいるという彼がそこから出てこないのは、あちらも奈緒と会う意志がないということだ。

両者が互いにそっぽを向いているこの状態が続けば、いずれ赤月も諦めて、新たな嫁を探し始めるだろう。

軒《のき》を連ねた店の前を歩きながら、そんなことを半ばぼんやりと考えていたら、前方から小走りで向かってくる背の高い男性が奈緒の視界に入った。

急いでいるのか、彼は歩いている人の間をすり抜けるようにひょいひょいと身をかわしながら足を動かしている。身軽だが、忙しない。他の通行人にぶつかりそうなくらい、際どい距離のこともあった。

着物の下に白シャツ、それに縞袴《しまばかま》という恰好をした男性は、頭に鳥打《とりう》ち帽を被っていた。ずいぶん目深《まぶか》に被っている上に視線を地面に向けているため、ほぼ顔が見えない。

急いでいるならなおのこと、ちゃんと前を向かないと危ないのではないだろうか。

奈緒がそう思ったそばから、案の定、彼は人とぶつかった。上等な羽織を着た、どこかの店の若旦那らしき押し出しのいい男性だ。

軽く体当たりされる形になった若旦那は何か文句を言ったようだが、相手がぺこぺこと頭を下げたことで、それ以上騒ぎ立てることはなかった。不満そうながら、また前を向いて歩き出し――

……うん？

奈緒はそこでぴたりと立ち止まった。

頭を下げていた鳥打ち帽の男性もまた再び逆方向へ進み始めたのだが、彼の動きが何か妙だった気がしたのである。少し捩《よじ》るように身体を斜めにして、右手がするりと着物の懐に入る。その手に何かを持って……あれは、財布？

い、いや、スリだ。

「ちょっと！」

考える前に、奈緒は大声を出し、鳥打ち帽の男性に向かって駆け出していた。周囲の人たちは、被害者も含めて誰も気づいていない。目にしてしまった以上は放っておけなかった。

「あなた今、お財布を盗ったでしょう！」

彼は、いきなり自分に向かって突進してきた女学生に驚いたらしい。ぱっと顔を上げ、こちらを向いた。

帽子で隠れていたその顔が見えて、奈緒は一瞬動きを止めた。

そこにあったのが、ごく普通の、どちらかといえば男らしくきりっとした容貌《ようぼう》で、想像していたようないかにもガラの悪そうな人相ではなかったという理由以外に、極めて印象的な特徴を有していたからだ。

彼の目は、透き通るような青色だった。

びいどろに似たこういう瞳を、奈緒は横浜に住んでいた時よく見かけた。

——異人？

それに気を取られた隙に、スリの男はぱっと身を翻《ひるがえ》し、その場から遁走《とんそう》した。去り際に、奈緒のほうを見てからかうような皮肉げな笑いを浮かべて。

「あっ……ま、待って！　誰か、その人を捕まえて！　スリよ！」

慌てて叫んだが、その時にはすっかり彼の背中は遠くなってしまっていた。

カラスの忠告をあだやおろそかに聞くものではない。

奈緒はそう痛感した。通り魔に遭わなくとも、女学校帰りに寄り道などすべきではなかったのである。

偶々《たまたま》スリの現場を見て声を上げたその後は、さんざんだった。

周囲に集まった野次馬には好奇の目で見られ、まんまと財布を盗られた若旦那からは「あんな大声を出すからスリを逃がした」と非難され、駆けつけた巡査にもあれこれ訊ねられた挙句、「女学生がこんな場所を一人でフラフラするもんじゃない」と叱られる始末だ。

なぜ、誰もかれも奈緒を責めるのか。悪いのはあの鳥打ち帽の男なのに。

厄介事には関わりたくないのに、なぜかそういう状況に巻き込まれがちな不運を呪い、思考をまとめるよりも先に行動に出てしまう自分の浅はかさを後悔する。半分以上は自業自得なのがまた悔しい。

しかし奈緒はこの件を、誰にも言うことはできなかった。家でぽろっと漏らそうものなら、ばあやに心配され、兄にはどうせ馬鹿にされるだけだからだ。赤月に話したら、「だからワシが言ったのに!」としたり顔で説教されるに決まっている。

とはいえ、受けた理不尽を黙って自分の腹の中だけに収めるというのは、まだ十七の奈緒には非常に難しかった。溜まったモヤモヤは、どこかに吐き出さなければ膨れ上がる一方だ。

三日ほどその状態に耐えた奈緒は、四日目に決心して、女学校帰りにもう一度大通りに行ってみることにした。

もしかしたら、またあの鳥打ち帽を見かけることがあるかもしれない。そうしたら今度は無闇に騒ぎ立てることはせずに、こっそり巡査を連れて来ればいい。それであの男が捕まるかどうかは知らないが、とりあえずこちらの溜飲《りゅういん》は下がる。

そう思って出かけたものの、やはりそう簡単に目当ての人物が見つかるはずもなく、奈緒はいたずらに時間を消費することになった。

歩きすぎて足が痛いし、人の顔ばかり見続けてクタクタだ。

たとえ顔を隠していても、あの男はかなり長身だったから、すぐに見分けがつくだろうと思ったが甘かった。じっくり見定めるには通行人の数が多く、しかも走り回っている人も多いので目が廻りそうになってしまう。

なんだかバカなことをしているわ、とやっと正気づいてきたのは、だいぶ体力をすり減らした後のことだった。いくら腹が立ったからといって、自分がここまですることはない。奈緒の財布が盗られたわけではないのだし。

「帰ろ……」

疲労感でぐったりして両肩を落とし、奈緒はくるっと身体の向きを変えた。

その途端、腕を摑まれ、ぐいっと後ろへ引っ張られた。

「えっ」

驚いた奈緒のすぐ前を、人力車がガラガラ音を立てて横切っていく。

その速さと勢いに、一瞬びくっとして立ち竦《すく》んだ。疲れで頭がぼうっとしていたせいか、そのやかましい音すら耳に入っていなかったらしい。

「す、すみません、ありがとうございます」

背後から引き止められなかったら、奈緒は体格のいい車夫にぶつかって、撥《は》ね飛ばされていただろう。恥ずかしさで赤くなりながら、慌てて後ろを振り返り、助けてくれた人に対して礼を言った。

そして、ぽかんと口を丸く開けた。

「気をつけなよ、お嬢さん。体力と脚力だけが取り柄の車引きの中には、気性の荒いやつもいるからね」

唇の片端を上げてからかうような笑みを浮かべた男の瞳は、頭上にある空と同じ色をしている。

今日は着流し姿だったが、鳥打ち帽を被っているのはそのままだ。ちぐはぐなその恰好をした男は、思っていた以上に背が高かった。六尺はあろうかという身の丈なので、間近で顔を上げる形になった奈緒からは、彼の面立《おもだ》ちがよく見て取れる。

帽子から覗く短髪は、黒ではなく明るめの茶色だった。瞳ははっきりと青く、鼻も高めだが、全体的には日本人の特色のほうが濃いように思える。

いや、そんなことはどうでもいい。

奈緒は男の手を振りほどくと、逆にこちらから両手を伸ばしてその腕をがしっと摑んだ。

「え」

「見つけた！　今度は逃がさないわよ！　巡査さーん！」

「ちょ、ちょっと待って。あんた、その前に、びっくりするとか、怯えるとか、逃げようとするとか、普通それくらいの反応をするもんじゃないの？」

逃げるどころか詰め寄って来られたのがよほど意外だったのか、男はぎょっとした顔になった。奈緒に大声を出され、焦ったようにきょろきょろとあたりを見回す。

「その青い目を見て、きゃっと可愛い悲鳴を上げるとでも？　おあいにくさま、横浜で生まれ育ったわたしは、そんなの見慣れているの。父の仕事の関係で、異人さんの知り合いも多いのよ」

「横浜？」

その言葉を聞いて、奈緒の手を離そうとしていた男の動きが止まった。目を見開き、嬉しそうに相好を崩す。

「お嬢さん、横浜育ちかい？　俺も十代の頃まであそこで暮らしていたんだ。あんたはどれくらいあちらに住んでいたんだ？」

「わりとつい最近まで」

「そりゃあいいや。同郷のよしみで、少し話をしないか？　今の横浜がどんな感じなのか聞きたいし」

「どうしてわたしがスリとお話しないといけないのよ。そんなことで誤魔化そうったって……」

「待った待った。だったらどうするつもりだい？　巡査に突き出したところで、今の俺は何もしていないただの通行人だぜ？　なんなら着物を脱いで検《あらた》めてもらったっていい。人様の財布なんてどこからも出てきやしない人間を、いくら巡査だってどうしようもないだろう。むしろ、無実の人間に言いがかりをつけたと、お嬢さんのほうが疑われかねないぞ」

摑んだ腕とは逆の手を上げて反論され、奈緒はぐっと詰まった。

この男が人の財布を盗ったところを目撃したのは奈緒だけで、その時に顔を見たのも奈緒だけである。それから数日経っている上に、相手がスリだと証を立てるものが何もない。この状態では、確かに巡査を呼んだところでどうにもならないだろう。

しばらくためらった後で、やむを得ず奈緒が腕を解放すると、男はそこをさすりながら「やあ助かった、骨が折れるかと思った」と大げさなことを言った。

「じゃあ、どこか場所を変えて……」

「お断りよ。どうしてそんなにわたしと話したいの？　なにか企んでる？」

「違うって。本当にただ横浜のことを聞きたいだけさ。ずっと長いこと帰っていないけど、一応、俺の故郷だからね」

故郷、という言葉を口にした時、ほんの少し男の顔が歪んだ。

懐かしいだけではない、様々な感情の絡んだ複雑な何かがあるのだが、本人もそれを正しくは把握《はあく》できていない、というように見えた。

「頼むよ、少しだけ」

つと真顔になった男の口調には、懇願《こんがん》めいたものが含まれている。

奈緒は迷ったが、結局、「……少しなら」という返事をした。

考えてみれば、男が奈緒に自分から関わってくる必要はまったくなかったのだ。いや、あの時の娘だと判れば、黙って姿を消すのが正解だろう。

それでも彼は、奈緒の手を引き、人力車との衝突を回避させた。

しかもこれだけ体格差があるのだから、奈緒に摑まれても、力ずくで引き剝《は》がすことも、突き飛ばすことも容易だったはず。そうはしなかったところを見るに、根っからの悪人だとは思えない。

……赤月に知られたら怒られるのだろうなあ、とちらっと思いつつ、奈緒は男とともに歩き出した。

大通りを外れ、川べりの土手にまで出ると、男は自らを「松井《まつい》佐吉《さきち》」と名乗った。

名前を出したのは奈緒の警戒心を少しでも解くためで、佐吉は奈緒に対して何も訊ねてくることはなかった。名も姓も年齢も、どのあたりに住んでいるのかも。

俺のようなやつとお嬢さんが関わるのはこの一度きり、今後どこかで見かけても他人の顔をするから安心してくれ——そう言って。

柳の木の下で立ったまま話をしたのは、そう長い時間ではない。

もし知り合いにでも見られて変な噂でも立ったら困るだろう、と気にしていたのは奈緒ではなく、佐吉のほうだった。見通しは良いが人の通りは多くないこの場所を選んだのは、そういう理由もあるらしい。

佐吉は、奈緒が話す「最近の横浜」のことを、袖手しながら神妙な顔で聞いていた。

彼は十五の齢にあちらの奉公先を飛び出して東京に来てからというもの、一度も帰っていないのだと言った。かれこれ十五年近くになるかなと指を折っていたから、現在は三十歳くらいということだ。

それでもすべてが記憶の彼方というわけでもないらしく、彼が口にする場所や店の名などは奈緒が知っているものも多かった。それらの今の様子を話せば佐吉がへえそうかい、本当かいと素直に驚いたりするので、まだ東京よりも横浜のほうに愛着のある奈緒の口も、だんだん滑らかになっていった。

十年ほど前、横浜は市政が施かれた。それとともに港をもっと大規模なものにするための工事が始まり、数年前には鉄桟橋が完成した。これからどんどん工事が進めば、いずれ外国にも見劣りしない立派な港ができるだろう――と、父親から聞いた話をそのまま伝えると、「そうか……」と佐吉は遠い目をした。

「あそこもどんどん変わっていくんだな。――居留地は、今もあるのかい？」

「ええ」

外国人居留地は、日本にやって来た外国人たちが居留と交易を許された区画だ。西洋の建物がずらりと並び、異国の文化が詰め込まれたその場所は、文明開化の拠点になったと同時に、政府の頭を悩ませる厄介な問題が起きがちだという側面もあった。

「……まあ、横浜で育ったお嬢さんにはもう判っていると思うがね、俺の母親は洋妾《ようしょう》をしていたんだ」

故郷の話をしているうちに気が緩んできたのは佐吉も同様だったのか、ふっと視線を横に流すと、淡々とした口調でそう語り出した。

洋妾とは、居留地で暮らす外国人を相手にする遊女、またはその名のごとく、妾になった女性のことである。

日本が鎖国を解いて横浜港を開くと同時に、外国人を相手にした遊郭を作ったのがはじまりで、最初は遊女だけだったのが、次第に多くの素人女性も異人館に通うようになったという。

「父親はイギリス人だと聞いたが、それも実際はどうなんだか判りゃしねえ。らしゃめんと蔑まれる母親から生まれた俺は、赤ん坊の時から周囲に疎《うと》まれた。いっそ完全に異人のようなナリだったらまだしも、髪は茶、目は青なのに、顔立ちだけは日本人ときているからな。この中途半端さが気味悪い、やたら腹が立つって、しょっちゅう暴力を振るわれたもんさ」

今も身体のあちこちにはその時の傷が残ってる、と佐吉は自分の腹部を掌《てのひら》でざっと撫《な》でた。

「横浜を出たのは、それが理由で……？」

「奉公先でも、さんざいびられたからね。同じ奉公人だけでなく、客にもことあるごとに因縁を吹っ掛けられてさ。言い返したらその罰として飯を三日抜かれたところで辛抱が切れて、着の身着のまま逃げ出した。それで東京に来たんだが」

そこで、彼は一旦言葉を切った。

空中へ向けていた視線を奈緒へと戻して、自嘲《じちょう》する。

「……こっちでも、別に変わりはなかったな。いや、横浜よりも異人を見慣れていない分、この見た目を恐れられることが多かった。なんとか仕事を見つけて、その日その日を食いつないでいくのが精一杯。何をしたって長続きしないから、すっからかんになって草を食って飢《う》えをしのいだこともある。言っておくが、俺の我慢が足りねえってことじゃないよ。どこの仕事場でも、この青い目が怖いってすぐ追い出されちまうんだ」

そう言って、佐吉は自分の目を指で指し示した。空のような、海のような、美しい青色は、今は悲しげな翳《かげ》に覆われていた。

「いちばん続いたのは車引きの仕事かな。あれは頭に笠を被るから、この髪も目も隠れてちょうどよかったんだ。だけど結局は、同じ車夫たちから剣突《けんつく》食わされて放り出されちまった。連中は縄張り意識が強いが、結束も固いからね。……おまえのような異人くずれを仲間と呼べるか、ってさ」

「そんな……」

奈緒は絶句した。

想像を超えて過酷な佐吉の過去に、何を言っていいのかまったく判らない。

生まれた時から裕福な家庭で育ってきた奈緒には、決定的なものが欠けていて、同意することも憤慨することも許されない気がした。

「そこまでが限界だった。俺はもう、ほとほとイヤになって」

車引きの職を失った佐吉は、もう普通に働くのをやめた。真っ当に生きていくのを諦めたのである。

スリやかっぱらいで生計を立てることに、最初は罪悪感もあったが、数をこなしているうちそれも消えていった。何度も繰り返すにつれ上手いやり方を覚え、腕も上がった。皮肉なことに、いろいろな仕事をした経験も役に立った。

「どれだけ俺が真面目に生きようとしても、周囲がそれを認めてくれないんだ。だったらこうなるのは、当然の成り行きというものじゃないか？」

それを堕落だ逃避だと決めつけるのは簡単なのだろう。しかしここまで聞いてしまうと、軽い気持ちで彼を責めることはできなかった。

悪いことをするのはよくない、という言葉の、なんと薄っぺらなことか。それに、たとえ奈緒がそんなことを言ったとて、きっと佐吉の心にはわずかも掠《かす》りはしない。

悪ではないものを責め立てて、悪の道まで追いやったのは、周りの人々なのだ。

下を向いて黙り込んだ奈緒を見て、唇を曲げていた佐吉はふいに我に返ったように目を瞬き、苦笑いを浮かべた。

「ああ、悪いね、こんなことまで話すつもりはなかったのに。——横浜のことを教えてくれてありがとう。こんなに楽しかったのは久しぶりで、つい口が滑っちまった。お嬢さんと俺とは生きる世界が違うんだ、こんなつまらない話は忘れてくれ」

「佐吉さん……は、これからもずっとそうして生きていくの？」

余計なこととは思いつつ、そう訊ねずにはいられなかった。このままスリを続けていたところで、佐吉の未来に明るいものがあるとは思えない。さらに身を持ち崩してしまうか、いずれ警察に捕まるか、そのどちらかだ。

佐吉は無言で薄く笑っただけだった。肯定も否定もしないのは、その問いに対してというよりも、奈緒に対しての明確な拒絶に他ならなかった。

「俺のような男のことなんて気にする必要はないよ、お嬢さん。あんた可愛い顔してるけど、ちょいとお節介なところがあるみたいだから、危ないことに首を突っ込まないよう気をつけな」

忠告なのかなんなのかよく判らないことを言って、口の端を上げる。

「せめてこの目が青くなけりゃ、と何度も思ったよ。周りと同じ黒だったら、俺の人生も今とはまったく違うものになっていただろうなって。ま、ただの夢想だがね。ろくでもない母親から生まれた俺もまた、ろくでなしってこった。——母親が俺に残してくれたものといえば、この異質な姿と、歯の欠けた櫛《くし》だけさ」

母親——そういえば、洋妾をしていたという佐吉の母親はどうしているのだろう、と奈緒は思った。ほとんど話に出なかったが、この言い方だと、もう亡くなっているのだろうか。

しかし、奈緒がその疑問を口にする前に、佐吉は「じゃあな」と片手を上げると、くるりと背中を向けてその場から立ち去ってしまった。

彼の後ろ姿が見えなくなっても、しばらくの間奈緒はその場から動けなかった。

佐吉はこの先どうなっていくのだろう。今に至っても、彼に何を言えばよかったのか、奈緒は判らないでいる。これまでの人生で彼が背負ってきた重みに対して、自分が持つものはあまりにも少なく、軽すぎた。

「あの……」

その時、後ろから声がかかって、びくっと身じろぎした。

振り返ると、そこに立っているのは若い娘である。奈緒が目を瞠《みは》ったのは、その娘が驚くような美形だったからだ。

品の良いうりざね顔に、非常に均整のとれた目鼻立ち。鼻筋がまっすぐ通り、唇は小さくふっくらとしている。大きな瞳は深い闇のように黒々と輝いており、なんとなく赤月を思い出させた。

パッと目を引く鮮やかな赤紅色の振袖が透き通るような白い肌を引き立てて、唐人髷《とうじんまげ》に結われた艶やかな髪には花簪《はなかんざし》が挿してある。

見たところ奈緒と同じくらいの年頃だと思うが、開いた洋傘を肩にかけ、手の中でくるくると廻す仕草は少女のようにあどけなく、愛らしかった。

着物の質といい、全体の雰囲気といい、かなりの上流家庭のご令嬢だと察せられる。

「いきなり失礼なことを言ってごめんなさいね。さっきお話していた男の人は、あなたのお知り合い？」

鈴の鳴るような、とはこういうことかと感じ入る声で訊ねられた内容がそれだったので、奈緒はつい、は？　と間の抜けた反問をしてしまった。

「ええと……ちょっとした知人というか」

質問の意図が掴めず、曖昧な答え方になった。佐吉も言っていたが、彼と関わるのはこの一回きり、今度会ってもあちらは知らん顔をするだろう。

娘はそれを聞いて、少しほっとするような笑みを漏らした。

「そうなの。いえ、なんだかおかしな組み合わせに見えたから、もし何かの揉《も》め事だったら人を呼んだほうがいいのかと迷っていたのよ」

どうやら、奈緒がタチの悪いならず者に絡まれているのではないかと心配してくれたらしい。鳥打ち帽を被った男と女学生、というといかにも怪しげな二人なのだから、無理もない。

しかし、もしもこの娘が佐吉の目と髪の色を見ていたら、迷うことなく人を呼んでいたのかな、と思うと、奈緒はひどくやるせない気分になった。

そういうことの繰り返しが、佐吉の日常なのだ。

「ご親切にありがとう」

ともあれ、娘は善意で声をかけてきたのだから、それに対してどうこう思うのは筋違いだ。奈緒が礼を述べると、彼女はくるっと大きく洋傘を廻してにっこり笑った。

「いいえ、余計なことかもしれないと思ったのだけど、ほら、最近、なにかと怖い事件が続いているでしょう？　それで」

例の通り魔事件のことか、と納得した。用心深いのは赤月だけではないようだ。いや、もしかしたら奈緒が呑気すぎるのかもしれないが。

「でも、まだ明るいのだし、大丈夫ではないかしら」

「そうね、通り魔が出るのは暗くなってからということだものね。だけど、気をつけるに越したことはないでしょう?」

同年代の気安さからか、にこにこ笑う娘の態度は最初と比べてずいぶん砕けたものになりつつあった。甘えるように小首を傾げるそのさまは、優れた容姿と相まって、なんとも庇護欲《ひごよく》をそそられる。

「だって通り魔に遭った人は、みんな目を切りつけられているって話よ。考えるだけで恐ろしいじゃない?」

「え?」

言われた内容に、奈緒は目を瞬いた。そんな情報は初耳だ。

娘はそっと内緒話をするように人差し指を唇に当てた。

「秘密よ? 知り合いに関係者がいるの。あまり騒ぎにならないよう、その事実はまだ伏せられているのだけど、通り魔が刃物で狙うのは目だけなのですって。被害者の中には失明してしまった人もいるそうよ。犯人はよほど、人の目に執着しているのでしょうね」

「人の目に執着……」

「恨んでいるのか、憎んでいるのか、あるいは逆に、ものすごく憧れているのか。……どちらにしろ、本当に不満があるのは自分の目なのでしょうね。だから他人のそれを潰《つぶ》してしまわないと気が済まないのではないかしら」

それを聞いて、ひやりと冷たいものが奈緒の背中を伝った。

恨んで、憎んで、憧れる。自分の目に不満があるから、他人の目を潰さないと気が済まない。

まさか——まさか、ね。

「でもそんな残虐なこと、本当に普通の人にできると思う？　ひょっとしたらこの通り魔事件の犯人は、魔物なのかもしれないわよね」

「え……は？」

考えごとに気を取られていた奈緒は、娘がさらりと続けた台詞を受け止め損ねた。

一拍の間を置き、改めて頭の中で繰り返してみて、余計に混乱した。

今、魔物と言ったか。雪乃の時といい、あやしの森が近くにあるこの界隈では、魔物の存在はそんなにも当然のように周知されているのだろうか。

「ま、魔物って、どうして？」

「あら、だって」

ふふ、と娘が屈託なく笑う。

「カラスが人の言葉を話すくらいなんだもの。だったら、魔物がいたっておかしくないじゃない？」

大きく目を見開いた奈緒に微笑みかけて、娘は洋傘をくるくる廻しながら行ってしまった。

数日考えたが結論が出ず、自分がどうすべきなのかの判断もできなかったので、藁《わら》にもすがる気持ちで、奈緒は赤月から渡された羽根を使うことにした。

あやしの森の中に踏み入って、赤月から渡された黒い羽根を取り出す。

「ええと……それで……それで？」

取り出したはいいが、そこからどうすればいいか判らず、立ち尽くしてしまった。

「そういえば、使い方を聞いていなかった……」

茫然《ぼうぜん》として呟き、悔やんだところで後の祭りだ。手に持って振ってみたり、息を吹きかけてみたりしたが、うんともすんとも反応しない。困《こう》じ果てて、いよいよ赤月の名を大声で叫ぶしかないと覚悟を決めた時、羽根がするっと指の間から抜けた。

そのまま、ふわりと空中に舞い上がる。

「あ、飛んでいっちゃう」

奈緒は慌てて掴もうとしたが、なぜか捕まらない。

空高く上昇するわけでもなく、逆に地面に落下するわけでもないのに、黒い羽根は一定の高度を保って浮き続けた。あっちにひらひら、こっちにふわふわと漂いながら、木の間を飛んでいく。まるで、それ自体に意志があるように。

「どうなって……って、考えても無駄なのよね、きっと」

なにしろここは、喋るカラスと、妖魔を封じる一族の青年が住むという場所なのだ。自分の常識が通じると思うほうが間違いだ。

奈緒は深いため息をつくと、疑問を抱くのはすっぱりと放棄して、羽根が導く方角へと足を踏み出した。

羽根はどんどん森の奥へ奥へと進んでいく。

風に緩く吹かれるがごとく舞い飛んでいるため、それほど速くはないが、薄暗い森の中では気を抜くと見失ってしまいそうで、奈緒は必死にその後を追いかけた。

周囲は似たような木ばかりで、道があるわけでもないので、進むに従い、自分がどちらから来たのかも判らなくなってくる。ここでふっと羽根が消滅でもしたら、冗談ではなく遭難《そうなん》しそうだ。木立の間を抜けて、下草を踏み、羽根から一瞬も目を離さないように注意深く森の中を歩き続けた。

同じような景色が続くと、ぐるぐる廻っているだけなのではないかと不安でたまらなくなってくる。生き物の気配がないというのは、襲われる心配がないのと同時に、どこまで行っても自分一人なのだという孤立感を強調させた。虫は嫌だが、ウサギの一羽くらいは見かけてもいいのに、と情けなく眉を垂らして奈緒は思った。

しかし、もう帰るに帰れない。引き返す決心をする機会はとうに逸した。こんなにも頼りなく心細い気持ちで、雪乃も森の中を彷徨っていたのだろうか。いや、標《しるべ》となるものがなかった分、彼女はもっと恐ろしく悲痛であっただろう。

――歩き続けて十分か、三十分か、時間の感覚もなくなってきた頃。

唐突に、視界が開けた。

あれだけ密集していた木々から抜けて、一気に見通しの良い場所に出る。見えない境界線があるかのように、がらりと周囲の光景が変わった。頭上を覆う枝と葉もなくなり、明るい陽射しが照りつけている。ひゅうと吹く風が頬に当たった。

暗いところから急に眩しいところに出たためか、目がちかちかする。何度も瞬《まばた》きを繰り返してようやく白い光の残像が収まってくると、自分の前方に門があるのが見えた。

本当に屋敷があった……と奈緒は口をぽかんと開けた。

長い塀が続く日本家屋だ。大名屋敷とまではいかないが、旗本屋敷くらいの規模はありそうな構えだった。瓦葺《かわらぶき》の切妻屋根が上部にある長屋門、もとは白かったのだろう壁の漆喰《しっくい》はかなり黒ずんでいて、年月の経過を思わせる。

立派で厳《いか》めしく、外部のものを拒絶しているような閉鎖的な雰囲気があった。

こんな屋敷が森の奥にあって、しかも誰にも知られていないとはどういうことか……と思ってから、奈緒は頭を振った。いやよそう、考えても無駄なのだった。

とにかく目的の場所に辿り着けたということだ。安心すると同時に力が抜けて、その場にぺたんと座り込んでしまったら、役目を終えた黒い羽根がひらひらと落ちてきて、再び奈緒の手の中に納まった。

「ナオ、ナオではないか！　よう来たの！」

「赤月……！」

バッサバッサと羽音を立てて、門の上から赤月が飛んできた。時々鬱陶《うっとう》しいこともあるお喋りカラスの声が、こんなにも頼もしく聞こえたことはない。思わず立ち上がった奈緒の肩の上に、赤月がすとんと着地する。

「トーマに会いに来たのだな⁉」

「え、えーと……まあ、そうね」

「ヤレ嬉しや！　ようやくナオが嫁入りを決めたぞ！　これでギョウゲツ家は安泰だ！」

「いえ、ちが……」

慌てて否定しようとした奈緒は、そこで口を噤んだ。

その時になって、閉じられていた門の戸が、ギギッと軋《きし》むような音を立てて内側から開かれたからだ。

「……何しに来た？」

現れた当真は、どう見ても迷惑そうな顔をしていた。

赤月は奈緒に中へ入るよう促したが、当真は建物内への侵入までは許さないとばかりに、そのまま庭をぐるりと廻って縁側へと歩いていった。

庭といっても、植木も灯籠《とうろう》も何もない殺風景な眺めだ。枯山水どころか、完全に枯れ野である。敷地自体は広いのに、静けさに満ちて他に人の気配のないこの屋敷は、ほぼ森の一部のようだった。

「それで、何か用か」

縁側に腰掛けて、すぐに当真が口を開いた。その肩に乗っている赤月が「コラ、トーマ、愛想のない」と窘《たしな》めたが、腕を組んで知らんぷりだ。いきなり押しかけて来たことが、よほど気に食わないらしい。

しかし、それならそれでかえってありがたい、と奈緒は思った。こちらものんびり挨拶をしようという余裕はない。こんな思いをしてまでここに来たのは、どうしても訊ねたいことがあったからなのだ。

「あの……妖魔についての話が聞きたくて」

その言葉が予想外だったのか、当真はわずかに目を見開いた。赤月は、「そうか、ギヨウゲツ家に嫁ぐ心構えのためだな」と勝手な解釈をして喜んでいる。

「どうして今になって？　おまえの友人についてはもう片が付いたんだろ」

その後のあらましについては、赤月から聞いているのだろう。赤月のことだから、知りたくないと言っても喋るかもしれないが。

「実は……」

奈緒は先日、大通りでスリの現場を目撃したところから、順を追って話した。佐吉のこと、彼の外見と境遇、目だけを狙って切りつけるという通り魔のこともだ。

一通り説明して一人と一羽を見ると、当真は顔をしかめ、赤月は餌《えさ》をねだる雛《ひな》のように嘴を開けっぱなしにしてこちらを見返している。

「赤月どうしたの？　お腹が空いたの？」

「バカモノ！　開いた口が塞がらないのだ！　ナオ、オマエはどうしてそう無茶な行動ばかりする⁉　少しどころではなく危なっかしいわ！」

カラスに叱り飛ばされた。奈緒には赤月の言葉はギャアギャアという鳴き声と被って聞こえるため、二重の意味で大変やかましい。

「自分から厄介事に飛び込んでどうする！　しかもスリで、不穏な疑いもある男だと⁉　オマエはまだ嫁入り前のオナゴなのだぞ！　何かあったら取り返しがつかぬというのに！」

奈緒の祖父母は父方母方ともに他界しているのだが、祖父がいたらこういう感じなのだろうかという言い方で怒られて、さすがにしゅんとした。そもそも、赤月の忠告どおり、寄り道などしなければこんなことにはなっていないのだ。

「ごめんなさい」

肩をすぼめて謝ると、赤月は「……しょうがないの、しかし何もなくてよかった」と矛を収めた。意外とこのカラスは奈緒に甘い。

「――それで？」

一方、当真の表情と態度は、甘いどころか非常に塩辛そうだった。

「おまえは俺に何をしてほしいんだ？　その男を斬ってくれと頼みに来たのか」

「そ、そんなわけないじゃない！」

奈緒は仰天して叫ぶように言ったが、当真の冷淡な顔つきは変わらない。

「だが、そいつが通り魔事件の犯人じゃないかと疑っているんだろう？」

今まで曖昧にはぐらかしていた部分を正面から指摘されて、返答に窮《きゅう》した。

疑っている――そう、自分でも嫌になってしまうが、奈緒は間違いなく、佐吉を疑っているのだ。

まさか、と否定する気持ちとは別に、どうしても頭をもたげてくる疑惑を拭い去ることができなかった。

「わたしにできる範囲で、いろいろと調べてみたの……通り魔事件はこの三か月で四件起こっているわ。被害者は女性一人と男性三人で、互いに面識はないんですって。いずれの場合も、暗くなって裏路地に入ったところを、いきなり後ろから羽交《はが》い絞《じ》めにされて、刃物で目の部分を横薙《よこな》ぎに切られたのだそうよ」

そこから浮かび上がる犯人像は、まず、男性を羽交い絞めにできる程度の力があるということ。それから身のこなしが柔軟で、素早いということ。

――そして、後ろから目の位置を狙って横向きに切りつけられるくらい、背が高いということだ。

「オマエ、一人でそんなことを調べたのか？　どうやって」

「最近の新聞をすべて読み返してから、事件が起きた場所の周辺で聞いて廻ったの」

「無謀なオナゴだの……」

赤月は、心底呆れ果てたというように首を前に垂れた。無茶から無謀に格上げだ。

「少しはモヤモヤしたものが晴れるかと思って」

しかし調べれば調べるほど、疑惑が膨れ上がって一向にスッキリしなかった。むしろ、どんどん確信に近くなるばかりだった。

それで我慢できなくなった奈緒は、この暁月屋敷へとやって来たのである。

「……佐吉さんは、妖魔に操られていると思う？」

奈緒と話をした時の彼は、スリを生業《なりわい》にしているとはいえ、そのように陰惨《いんさん》なことができる人物にはとても見えなかった。不幸な生い立ちでやむなく道を外れてしまったが、だからといって他者まで不幸に引きずり込もうとはしていなかった。故郷を想う気持ちもあれば、人を気遣う心もあった。

だが、妖魔に操られているのだとしたら、話は別だ。妖魔に取り憑かれると、人はがらりと様相を変える。奈緒は雪乃の件で、そのことを実感していた。

当真は表情も変えず、「そいつが妖魔憑きかどうかは判らない」と払い落とすように答えた。

「だが、一つはっきりと判ることがある。……おまえはその佐吉という男を憐《あわ》れんでいるようだが」

「憐れむなんて」

奈緒はびっくりして首を横に振った。憐れむという言葉はひどく嫌な響きだった。

それは、相手を自分よりも「下に見ている」ということだ。

「だったら同情か。自分が恵まれた環境で育ったことに対する負い目か。どちらにしろ、そういうもので目隠しされている今のおまえに、正確な判断なんてできっこない。そいつの言うとおり、すべて忘れて、これ以上その問題に関わるな」

「そ、そんなことができるなら、ここに来ていないわよ！　わたしはただ、佐吉さんが妖魔に憑かれているなら助けてあげられないかと思って……」

「それが余計なことだと言っている。いいか、妖魔は人の心の闇に取り憑くと言っただろう。その闇から、怒り恨み憎しみの感情を引き出して災いを起こす。つまり、元はすべてその人間の『中』にあったものなんだ。女を襲いたいという卑しい劣情も、家に火を点けたいという無分別な衝動も、誰かを傷つけたい殺したいという薄汚い欲望も、そいつの本心であることに変わりない。妖魔に操られているからといって、すべて妖魔が悪いと決めつけるのは浅慮に過ぎる。おまえの友人だって、胸の奥底では、親と婚約者に死んでほしいと願っていたんだ。それを忘れるな」

冷ややかに言いきられて、奈緒の全身から血の気が引いていった。

拳を握ってぐっと力を込める。

「そんな、言い方……」

「そうだぞトーマ、やめておけ」

「はっきり言わなきゃ判らないんだろ。前回の時は偶々《たまたま》上手くいっただけなのに、調子に乗られたら迷惑だ。妖魔のことを知ってどうする？　助けるなんて傲慢《ごうまん》だとは思わないのか？　なんの覚悟もないくせに」

奈緒は唇を強く引き締めた。

「——だったら、あなたには覚悟があるのね？」

「当然だ」

「それならなおさら、もっと人に寄り添うべきだと思うわ。あなたはただ突き放すだけだもの。雪乃さんがご両親の死を望むほど追い詰められていたことも、それで苦しんでいたことも、理解しようという気持ちがない。妖魔を封じることだけがあなたの仕事なの？　そのお役目の本当の意味は、『人を救う』ということではないの？」

その言葉に、当真の空気がさっと変わった。

眉が上がり、はっきりとした怒気が剝き出しになる。

「おまえの偽善を俺にまで押しつけるな。自分が世間知らずだということを自覚しろ」

「……もういい！」

奈緒は言い争いを強引に断ち切って、縁側から飛び跳ねるように立ち上がった。眦《まなじり》にじわっと熱いものが滲《にじ》む。

自分のしていることが偽善だと決めつけられたのが、たまらなく悔しかった。怒りと反発心と羞恥《しゅうち》がいっぺんに込み上げて、収拾がつかないままその場を離れた奈緒は、一直線に門へと向かって駆け出した。

おい待て、という声にも振り返らなかった。

門から出ると、再び森の中に飛び込み、ずんずんと大股で歩いた。しばらく進んでから、そういえば羽根を使わなければ帰り道も判らないのだと思い出して、無性に自分が情けなくなった。

相談に来たのに、頭に血をのぼらせた挙句喧嘩《けんか》して、何をしているのだろう。

着物の生地を強く握り、その場に立ち尽くしていたら、少しして後方からバサバサという羽音が聞こえた。

「ナオ、待て待て」

「……なあに」

ぐすっ、と鼻を啜《すす》りながら顔を上げる。肩に止まった赤月は、嘴に長細い袋をくわえていた。

「これを受け取れ。トーマからだ」

「――塩でも包んで寄越《よこ》したのかしら」

「マアそう拗《す》ねるな。アレもまだ二十になったばかりなのでな、ちと人との付き合い方に拙《つたな》いところがあるのだ。トーマも、ナオのことを心配しているのだぞ。本当に妖魔が絡んでいるのなら……いやそうでなくとも、通り魔事件なんぞにオナゴが関わったら危ない、と言いたかったのだろう」

「嘘ばっかり」

「本当だとも。だからこうしてワシに、『影針《かげばり》』を持っていってやれ、と言ったのではないか。これはギョウゲツ家に昔から伝わる呪具《じゅぐ》でな、妖魔に憑かれた人間の身体のどこかに刺すと、一時的に動きを止めることができるスグレモノなのだ。手を引けと言っても聞かんのだろう？　ならば、せめてこれを持っておれ」

赤月から袋を受け取って覗いてみると、中には五寸ほどの長さの針が入っていた。縫い針よりも太いが、釘よりは細い。

奈緒は少し逡巡《しゅんじゅん》してからそれを胸に押し抱き、「……ありがとう」と礼を言った。

これまでの通り魔は大体、二十日に一度くらいの間隔で出没している。

場所は毎回、大通りから外れた裏路地だ。近辺の家々から漏れてくる明かりで、あやしの森周辺ほど真っ暗でもなく、人けがまったくないというわけでもない。

前回被害者が出た日にちを考えると、そろそろ次の事件が起きる頃合いなのではないかと思われた。

「だからといって、オマエが張り番などすることはなかろう」

奈緒の肩に乗った赤月は、大いに不満げにそう言った。

「だ、だって、自分の目で確認しないと何も判らないじゃない」

返した声は我ながらか細く、しかも震えている。

月の明るい晩とはいえ、夜の七時を過ぎれば、昼間の森の中など比較にならないほど周囲は暗い。奈緒はこんな時間に一人で外に出たことがないので、ちょっとした物音にもびくびくしてしまうくらいには怖かった。

今までの事件は大体七時から八時の間、狭い範囲内で起きている。奈緒はこの三日、夜番のようにその周辺をうろうろと廻っているのだった。

自分でも何をしているのだろうとは思うが、どうしてもじっとしていられなかったのだ。

これ以上の被害がないといい、という気持ちはもちろんある。しかしそれよりも、佐吉が犯人ではないことを確かめたい、という願いのほうが大きいのかもしれなかった。

「家の者には言ってきてあるのか？」

「まさか。こっそり抜け出してきたのよ」

奈緒は部屋で大人しく宿題の浴衣を縫っているのだろうと信じ込んでいるばあやにこれが露見したら、「お嬢さまが莫連女《ばくれんおんな》になった」と大泣きされること確実である。

この時刻だと大概の店は閉まっていて、開いているのは宿屋や料理屋、飲み屋くらいしかない。それらの店先に吊るされた丸提灯《まるちょうちん》や軒灯《けんとう》の明かりは頼もしく感じられたが、たまに声をかけてくる酔っ払いがいるのが難点だった。

「赤月が一緒にいてくれて心強いわ」

赤月は最初の日から毎晩、奈緒に付き合ってくれていた。変なのが近づいてくるたびギャアッと大きな声で威嚇《いかく》するので、絡んできてもみんな早々に退散していく。奈緒だけだったら、もうとっくに気が挫《くじ》けていただろう。

「ギョウゲツ家の嫁はワシが守らねばの」

「カラスって、夜目が利《き》かないんじゃなかった？」

「地口《じぐち》か？　ワシはそんじょそこらのカラスとは違うのだ。昼間ほどではないが、ナオの顔はちゃんと見える。普通のトリと同じにするな」

誇り高いカラスであるらしい赤月は、そう言って胸を張った。

「……赤月は何歳なの？」

「ハテ、五十年ほどは生きておるかのう」

想像していたよりもずっと年寄りで、奈緒は驚いた。カラスという種が長生きなのか、それとも赤月が特別なのか、よく判らない。

「だったら、当真が生まれた時から一緒にいるの？」

「それどころか、トーマの父親が生まれた時も知っておるぞ。アレの時も嫁探しには苦労したの」

当真の両親は亡くなったのだったか。だから現在の暁月家当主を、まだ二十になったばかりの当真が担っているという話だったはず。

しかし、彼の両親がどうして亡くなったのかは訊ねられなかった。それは他人が軽々しく踏み込んでいい領域ではない。

「嫁ねえ……」

依然としてそんなつもりは一切ないが、当真の父の代でも苦労したというのだから、暁月家当主の伴侶になる条件を満たす者は、本当に数が少ないのだろう。

赤月の声が「人の言葉」として聞こえる娘――と考えて、洋傘を持った美しい少女のことを思い出した。

あの時最後に言ったことが本当なら、彼女もまた嫁候補という可能性がある。案外、あちらを勧めたほうが当真も喜ぶかもしれない。

「赤月、あのね、わたしこの間……」

その新情報をそっと耳打ちしようとしたところで、夜闇を切り裂くような女性の悲鳴が耳をつんざいた。

「ム、なんと、まさか本当に」

赤月がぴょんと肩の上で跳ねる。奈緒はすぐさま地面を蹴って、一目散に声のしたほうへ向かって駆け出した。

心臓がどくどくと鳴っている。あたりの家の戸が次々に開いて、人が出てきた。

誰よりも早く着かないと、と焦っている自分に気づいて自問する。どうしてわたしはこんなにも急いでいるんだろう？　本当にそこにいるのが佐吉だったら、他の人に見られると困るから？　いや、もしも刃物を持った見知らぬ大男に出会った場合はどうすればいいのか、それも考えておくべきなんじゃ――

混乱しながら走り続けて、その答えが出ないうちに到着した暗い裏路地では、女性が顔に両手を当ててうずくまっていた。ああ、ああと呻きながら、背を丸めて地面に突っ伏している。月明かりで、指の間からぽたぽたと滴《したた》る雫が下に染みをつくっているのが見えた。

あれは涙ではなく、血だ。

裏路地には、彼女以外の人間の姿はなかった。奈緒はすぐに女性のもとへと駆け寄って助け起こし、着物の袂《たもと》から出したハンカチを目の部分に押し当てた。

「しっかり、すぐに人を呼びますから！　誰か、誰か来て、ここよ！」

やがて、複数の入り乱れる足音が聞こえた。

女性は医者のもとへ運ばれていった。誰かが巡査を呼びに行ったから、おっつけ駆けつけてくるだろう。それまでに、奈緒は身を隠すことにした。カラス連れの女学生がなぜこんな場所にいたのか、上手く納得させられる説明が思いつかない。

女性の悲鳴が存外響いたためか、あっという間に野次馬が集まってきたので、その中に紛れ込むのは比較的容易だった。人の間を歩きながら、自分の手の指先に血がこびりついているのを見て、眉を下げる。傷が浅く済めばいいのだが。

「……結局、間に合わなかったわ……」

奈緒が警戒したところで、通り魔事件はまた起きてしまった。犯人も判らず、何一つとして状況は変わっていない。

これもやっぱり偽善で、世間知らずな行為だと、当真には言われてしまうのだろうか。

「今日はもう帰りましょう。ありがとう、赤月」

そう言うと、赤月はホッとしたように頷いた。最初からぶつぶつ文句を言いながら心配していたので、これでしばらくは大人しくなると考えているらしい。

「当真も、赤月の帰りを首を長くして待っているわね。悪かったわ」

お喋りなカラスがいないと、あの広い屋敷は静かすぎるに違いない。

「ウン？　トーマなら……」

首を傾げた赤月が何かを言いかけたが、奈緒の耳には入らなかった。

その時、群衆の中に、一つ分飛び出た頭があるのを見つけたからだ。

動かしていた足が止まり、呼吸も止まる。視線がそこに釘付けになった。

その人は、陽も差さないこの暗闇で、鳥打ち帽を深く被っている。

すぐに走っていこうとしたものの、前方に人だかりがあってなかなか前へと進めない。

件《くだん》の人物は、他の人たちのように騒ぐことも興奮することもなく、黙ってその場を立ち去ろうとしていた。早く近づかないと、見失ってしまう。

もどかしげに手でかき分けながらようやく人波を抜けたが、その時にはすでにその人はずっと先の位置にいた。焦って走っても、なかなか追いつけない。その背中はあちらの角を曲がり、こちらの角を曲がって、するすると進んでいく。

よほど声をかけようとしたのだが、そうするとそのまま走っていってしまうかもしれないと思い、奈緒は黙って足を動かし続けた。自分を追う者の存在には気づいていないのか、その人が後ろを振り返ることは一度もなかった。

見えては隠れ、消えてはまた現れる背中を懸命に追っているうち、奈緒はいつしか寺町の入り口にまで来ていた。

寺院が集中して建てられた区域だから、この時間、人通りは絶えている。

あたりを照らすのは、頭上で輝く月の光しかない。

「いやだ、いつの間に……」

そのことに気づいて、奈緒は急に怖くなった。明るい場所へ引き返すため、すぐに踵《きびす》を返す。暗いところに一人にならないよう、気をつけていたのに。

その途端、後ろから伸びてきた手に、口を塞がれた。

「……お節介なお嬢さん、危ないことに首を突っ込むなと、俺は言ったはずだがな」

覚えのある低い声に耳元で囁かれて、全身が震えた。

「ナオ！」

赤月がバサバサと羽ばたく。背後にいる人物は、その丈夫な嘴でどこかを突かれたらしく、「いてっ！」と叫んで手を離した。

奈緒はぱっとそこから距離を取り、後ろを振り返った。赤月の執拗《しつよう》な攻撃を受けて、その男は舌打ちしながら鬱陶しそうに手を振っている。

「ナオ、早く逃げるのだ！」

「なんだこのカラス、ギャアギャアとうるさいな。まるで喋っているみたいだ。お嬢さん、あんたの守り役かい？」

振り回した男の腕が、赤月の頭部に勢いよく激突した。そのまま地面に叩きつけられるように落下して、「ギャッ」と小さな悲鳴を上げる。

「赤月！」

そちらに向かおうとしたが、のっそりと大きな身体に割り入られて阻《はば》まれた。

奈緒は顔をくしゃりと歪めて、相手を見た。

「佐吉さん……どうして」

佐吉は苦笑めいたものを浮かべている。

「どうしてって、そりゃこちらの台詞だよ。女学校に通うようないいところのお嬢さんが、なんでまたこんな時間、こんなところにいるんだい？　おかげで、他人のふりをすることもできなくなっちまった」

そう言って懐に手を入れ、するりと出したのは、鞘に入った短刀だった。

「あなたが……通り魔？　これまでのことも、ぜんぶ？」

「ああ、そうだよ。最初は、ただの偶然だったんだけどね。喧嘩を吹っ掛けられて、目がどうのこうのとうるさいことを喚《わめ》かれたもんで、咄嗟《とっさ》にそいつの目を切りつけちまった。そうしたら、驚くほどスッキリして」

白々とした月光が彼の黒い影を地面にはっきりと映している。奈緒は目を凝らしてそこを見つめたが、大部分がすぐ近くにある木の影と重なってしまっていた。

くすくすと楽しげに笑っている佐吉の顔もまた、真っ黒に見える。

「——その時にさ、判ったんだよ。こうすれば、もう色なんて関係ないと。どいつもこいつも、目を失くしてしまえばいいんだ。そうすりゃ、青も黒もないからね」

その言葉に、ぞっとした。

佐吉の考え方は明らかに常軌《じょうき》を逸している。雪乃の時もそうだった。だったらやっぱり彼も妖魔に取り憑かれて、思考と行動を操られているのだろう。人の心を取り戻せば、妖魔は彼から逃げ出していくはず。

「佐吉さん、目を覚まして。あなたは今、正常な判断ができなくなっているのよ。ね、この間、わたしが人力車とぶつかりそうになった時、助けてくれたわよね？」

が、佐吉はそれを聞いて、思いきり噴き出した。

「俺がおかしくなってるっていうのかい？　そりゃあいいや、そんなところまで母親の血を引くとはね」

「え……」

目を瞬いた奈緒に、口元に薄笑いを残した佐吉が、短刀の鞘を掌にとんと軽く打ちつけた。

「俺の母親は、居留地に住んでいた異人が国に帰ると同時に捨てられてね。そもそも連中に女を宛がうことを決めたのは政府なのに、役に立たなくなるとその後のことは知らん顔だ。近所のやつらからはこぞって村八分《むらはちぶ》にされて、話しかけりゃ逃げる、道を歩けば石を投げられる、何も売ってもらえないから食うものもないって、最低な生活しかできなかった。なんとか俺のことだけは守ろうとしていたが、追い詰められた母親は、年々、精神的におかしくなっていったよ。突然奇声を上げ、泣いて、笑い出して、怒る。暴れ回る母親を押さえつけるのは、まだ小さかった俺の役目だった。他のやつらは、なにも助けてくれやしなかった」

なーんにも、と繰り返して佐吉は唇を歪めた。

「……それで結局、母親は死んだ。俺が目を離した隙に、どこかの馬鹿が投げてよこした腐った食い物を口にしちまったんだ。臭いもひどかったし、カビだらけだったのに、もう判別できなくなっていたんだろうね。ただでさえ弱っていた母親は、医者にも診《み》てもらえず、三日三晩悶《もだ》え苦しんで、身体中のありとあらゆる穴から汚物を垂れ流しながら息絶えた」

微笑んでいるのに、その青い目はちっとも笑っていない。だが、声と口調は落ち着いていて、以前話をした時とほとんど変わりなかった。

奈緒は当惑した。何か——雪乃の時とは何かが違う。

「なあお嬢さん、一体何が罪だったと思う？　俺の母親はそんなに悪いことをしたか？　異人に身体を売るってのは、そんな生き地獄を味わわなきゃならねえほどの罪業《ざいごう》か？　その息子の俺は？　好きこのんでこんな見た目に生まれたわけじゃないのに、どうしてこんなに苦しまなきゃならない？　目と髪の色が人と違うのは、そんなにも許されないことなのかい？」

佐吉が正面から奈緒を見つめて問いかける。

そこにあるのは、痛ましいほどの悲哀と絶望だ。

彼が一歩を踏み出してきて、思わず、奈緒は一歩後ろへと下がった。

懐に震える手を入れて、細い袋を取り出す。

「お嬢さんはいいよなあ。生まれた時から、何もかもが揃っていたんだろ？　親がいて、でかい家に住んで、好きなものをたらふく食って、学校へ行って。その黒い目と黒い髪も当たり前で、自分の姿に腹を立てて鏡を叩き割ったこともないんだろ？　俺とあんたは住んでいる世界が違う。見えるものも違う。同じ人間なのに、何もかもが違う。なあお嬢さん——俺は時々、どうにもそれが許せなくなることがあるんだよ。腹が立って腹が立って、何も考えられなくなっちまう」

佐吉が鞘から冷たい光を放つ刃を抜き出すのと同時に、奈緒も袋から細い針を抜いた。

「殺しはしないよ、その目を開けられないようにするだけさ」

そう言い終えると同時に短刀の刃がシュッと音を立ててすぐ前を通過していき、奈緒は悲鳴を上げて身を縮めた。

向けられる白刃の鋭さ冷酷さに、圧倒的な恐怖が襲いかかってきた。

「やめて！」

逃げ回りながら叫び、右手に持っていた針を前方に突き出す。怖くて怖くて、顔を背けたままの闇雲な反撃だったのだが、「うっ」という呻き声とともに、佐吉の動きが止まった。

おそるおそる目を向けてみれば、影針は彼の左の前腕部に突き刺さっている。

ホッとしたのも束の間、佐吉はすぐにぱっと腕を引き、じわりと染み出す血を見て眉を寄せた。

――止まらない。

「ど、どうして」

動転して赤月のほうに目をやると、また痛みが残っているのか地面の上でバタバタともがいていたカラスは首を振った。

「ダメだ。ナオ、それで動きが止まらぬということは、答えは一つしかない。そ、その男に、妖魔は憑いていないということだ」

「えっ……」

奈緒は息を呑んだ。

佐吉に妖魔は憑いていない。今までの行動は操られてのものではない、ということだ。すべて、佐吉自身の意志でやったことだった。

「最近の女学生は護身のためにそんなものを持ち歩いているのかい？　あまり暴れないでくれ、手元が狂って顔に傷がついたらあんたも困るだろ？」

佐吉が短刀を改めて構え、ゆっくりとこちらに歩み寄ってくる。手足の震えが全身に廻って、奈緒はその場から動けなかった。彼の無感情で酷薄な青い眼に射貫《いぬ》かれたように、竦《すく》み上がったまま棒立ちになるしかない。

なんて情けないのだろう。助けたいなんて、奈緒は本当に傲慢で、世間知らずで、何も判っていなかった。妖魔どころか、普通の男にさえ敵わない。抗うことも、逃げることもできない。

奈緒の言葉も、気持ちも、行動も、そこらに転がる石ほどの価値もなかった。

短刀が振り上げられる。ぎゅっと身体を強張らせ、奥歯を強く嚙みしめた。

その時、奈緒のすぐ目の前にふっと人の背中が現れた。

空気を乱さず立ちはだかったその身体が、目にも止まらぬ速さで動く。上半身を屈《かが》めてするりと佐吉の懐にまで入っていくと、手にしていた刀の柄頭《つかがしら》で相手のみぞおちを強く突いた。

「ぐっ！」

身を折り曲げた佐吉が短刀を握り直すよりも先に、次はその手首を狙って柄頭が直撃した。ごきっと嫌な音がして、短刀が弾かれたように飛んでいく。

均衡を失いぐらりとよろけたところを、間髪いれず鮮烈な蹴りが横ざまから一閃《いっせん》して、今度は身体そのものが勢いよく吹っ飛んだ。

どう、と大きな音を立てて地面に倒れた佐吉は、そのまま動かなくなった。

あまりにも素早く一方的な攻撃に、奈緒は硬直がなかなか解けなかった。目は開けていたはずなのに、何が起きたのかよく判らない。

「と……当真……？」

その名を口にすると、いつもの不愛想なしかめっ面がこちらを向いた。あれだけのことをして息も切らさず、平然としている。

「だから言っただろう、余計なことはするなと」

「ど、どうしてここに？」

「トーマはこの三日、ずっと近くにいたぞ。気づかなんだか？」

赤月に言われて、奈緒は目を丸くした。近くにいた？　まったく気配を感じなかったのに？　いや、それならそれで声くらいかけてくれてもよかったではないか。

「わたしに付き合ってくれていたの？」

「心配だったからな。赤月が」

そう言って、当真が赤月を抱き上げる。「大丈夫か？」と訊ねる声には、奈緒に対しては一度も向けられたことがない気遣いが乗っていた。

そっちか……と思ったものの、助けられたことには違いない。

どういう理由だとしても、当真は何も言わず、時間と労力を費やして事態を見守ってくれていたのだ。

「妖魔に憑かれなくたって、悪いことをするやつはいくらでもいる。自分が受けた痛みを、無関係な人間に転嫁するような男を憐れむ必要はない。――人は時に、妖魔よりも残酷になれるんだ。それでもおまえは救えと言うのか？」

彼の問いに、奈緒は何も答えられなかった。

その後、佐吉は警察に連れていかれた。

手錠をかけられた彼は、立ち去る前、巡査に何かを言うと、奈緒のほうを向いて静かに頭を下げた。

その表情からは、先刻までの凶暴さはすっかり抜け落ちていた。どこか虚脱したような雰囲気を除けば、柳の下でお喋りした時の彼と変わらない。

「――ごめんな、お嬢さん。俺の姿に怯えず、ちゃんと向き合って話をしてくれたあんたまで、傷つけようとしちまった。自分で自分が制御できない俺は、きっと本当におかしくなっているんだと思う。嫌な記憶ばっかりだけど、母親の思い出もある横浜は、俺の憎くて大事な故郷なんだ。いろいろと教えてくれて嬉しかった。本当に……嬉しかったんだよ」

謝罪の言葉を出す佐吉は、今にも泣き出しそうな子どものような顔をしていた。

「捕まらなきゃ、俺はあんたの将来を壊し、他にもたくさんの犠牲者を出していただろう。いつかは誰かを殺していたかもしれない。ここで止められて、まだよかった。ありがとう」

それから目を伏せて、ぽつりと言葉を落とした。

「……なあお嬢さん、俺はどこから間違えたのかな。最初から？　産声《うぶごえ》を上げた瞬間から？　生まれた場所が違うだけでその後の人生が決まっちまうなんて、この世はなんて理不尽なんだろう。そうは思わないか？」

悲しげな顔でわずかに笑いかけられて、奈緒は手を拳にして強く握った。

爪が掌に食い込んで痛んだが、押し潰されるような胸の痛みに比べればずっとましだと思った。

巡査の持つ角灯の明かりが徐々に遠ざかり、やがて闇に呑み込まれ見えなくなる。頭の中では今も、言われた言葉の数々がぐるぐると巡っていた。

ふと視線を下に向けた奈緒は、足元の地面に何かが落ちているのを見つけた。

なんだろうと拾い上げてみたら、櫛だ。

それも、ずいぶんと色の褪《あ》せた古ぼけたもので、何本か歯も欠けている。

——母親が俺に残してくれたものといえば、この異質な姿と、歯の欠けた櫛だけさ。

自分の意思では手離せなかったものと、自分の意思で手離さなかったもの。

「ね……佐吉さんは昔から心に闇を抱えていたみたいなのに、どうして妖魔に狙われなかったのかしらね？」

その櫛を見つめながらぼそりと言うと、当真は何を言っているんだというように眉を寄せた。

「さあな。妖魔の都合なんて判るもんか。罪を犯す人間のすべてが、妖魔に取り憑かれているわけじゃない」

「そうね……でも、もしかしたら、妖魔の厭《いと》うものを佐吉さんが持っていたから、という理由だったかもしれないじゃない？」

「厭うもの？」

奈緒は頷いた。

「亡くなったお母さんの愛情が佐吉さんを守っていたのかもしれないし、それともこの櫛が、あの人の『良心』だったのかもしれない」

佐吉は「止められてよかった」と言った。本人も、こんなことはやめたいとずっと願っていたのではないか。

「女学生が好きそうな話だな」

当真は呆れたように肩を竦めたが、奈緒は手の中の櫛をぎゅっと握りしめた。

必ず、これを佐吉のもとへ届けよう。

第三話　今泣いた烏がもう笑う

あやしの森の前まで来ても、まだ往生際《おうじようぎわ》悪く奈緒は迷っていた。

手の中には菓子の包みが行儀よく納まっている。「お世話になった人にお礼を言いに行く時には何か手土産《てみやげ》が要るものかしら」と奈緒に訊ねられたばあやが、「それはやっぱりお菓子がよろしいでしょうね」と気を利かせて女中を買いに走らせてくれたのだ。

誰にどう世話になったかを知らない女中は、相手は奈緒と同じ女学生だろうと考えたのか、羊羹《ようかん》や饅頭《まんじゆう》ではなく、最近流行りの西洋菓子を買ってきてくれた。渡されたワッフルの箱を見て、相手は刀を背負った不愛想な青年とカラスなの、とはとても言い出せなかった。

全身に塩が詰まっていそうな当真と、およそ五十歳の年寄りカラスの赤月が、これを見てどんな顔をするのだろうか。不安しかない。

ただでさえ奈緒は当真に良く思われていないようだし、前回の屋敷での言い争いも未だ頭に引っかかっている。助けてもらったことについての礼をちゃんとしなければ、と思いつつもぐずぐずと先延ばしにしていたのは、どの面下げて、という反応をされるのを恐れていたためだ。

結局、佐吉の件では、当真の言っていたことが正しかった。奈緒は出しゃばって、自ら危険の中に突っ込んでいき、当真に助けられ、赤月に怪我を負わせただけだった。事を引《ひ》っ掻《か》き回しただけの自分を、当真が怒っていたとしても当然だと思う。

「はあ……」

しかし、もうここまで来てしまった以上は引き返せない。実を言えば、ちっとも姿を見せない赤月の具合も心配でたまらなかった。追い返されることになっても、せめて詫《わ》びくらいは言っておきたい。

奈緒は一つため息をついてから、顔を上げて、森の中に入っていった。

以前と同様に、黒い羽根の先導で木々の間を歩いた。

暁月屋敷がどちらの方角にあるかだけでも把握したかったのだが、その努力は早々に放棄することになった。景色がどこも変わらない上に、羽根の動きが不規則すぎて、右へ左へと移動しているうちに、どうしても方向感覚が狂ってきてしまうのだ。

ここに来る前に一応地図でも確認してみたが、予想どおり、森の中にある屋敷についての記載はなかった。紙の上では、ここに人は住んでいない。

それでも羽根についていくと、今回もちゃんと目の前に大きな屋敷が現れた。

ホッとしながら近づいていき、「あら」と声を上げる。

――前回は厳重に閉じていた門が、少しだけ開いている。

人が一人通れるかというくらいの幅だが、それでも他者を頑なに撥ねつけるような雰囲気がちょっとは和らぐようだ。開いたその隙間からそうっと顔を覗かせて、奈緒は「ごめんください……」と小さな声で訪《おとな》いを入れた。

すると、奥からバサバサという羽音が聞こえてきた。

「オヤ、誰かと思えばナオではないか！　よう来たの！」

「赤月！」

口から出た声は我ながら喜びが隠せず、おまけに湿っぽかった。どうやら自分で思っていた以上に、奈緒はこのお喋りなカラスに親愛の情を抱いているらしい。

「よかった、無事だったのね？　もう飛んでも大丈夫なの？」

差し出した左腕にすとんと降り立って、赤月はこれ見よがしに翼を広げた。

「なんだ、心配しておったのか。あの程度でどうにかなるほど、ワシはヤワではないぞ。そろそろナオにも会いにいこうと思っていたところだ」

年寄りの強がりにも聞こえるが、見たところ翼や脚の動きにおかしなところはないようだ。頭を撫でると気持ちよさげに目を閉じて、ゴロゴロと甘えるような鳴き声とともに「オナゴの手は優しくていいのう」と満更でもなさそうに言った。

「トーマに会いに来たのだろう？　ホレ、こっちだ」

赤月が案内してくれたのは、前回の時と同じく屋敷の縁側だった。庭を廻り、そこに腰掛ける人影を目にして、奈緒は緊張しながら包みを持った手に力を込めた。
が、さらに近寄ったところでピタリと足を止めた。
そこに座っているのは、当真だけではなかったのである。
まさか先客がいるとは思わず、奈緒は慌てた。考えてみたら、門が開いていたのも、
そのためだったのだろう。
しかも当真の隣に腰を下ろしているその人物は、一目見ただけで、ある程度の地位に
あることが判った。着ているのは黒に近い背広、しかもかなり質の良いものだ。年齢は
四十代くらいに見えるが、綺麗に撫でつけた髪、きちんと整えられた口髭が、その人の
威厳と貫禄を示していた。
「おや」
そしてあちらもまた、奈緒の姿を目に留めて、少し驚くような顔をした。意外なとこ
ろで意外なものと出会った、という表情をしているが、その身にまとった余裕はぴくり
とも崩れない。それだけでも器の大きさが感じられる。
もちろん、そんな器など持ち合わせていない奈緒は狼狽《ろうばい》した。赤月も、他に客がいた
なら、そう言ってくれればいいのに。
「こ……こんにちは。いきなりお邪魔しまして申し訳ありません」
口にしてから、これは本来家主のほうに言うべきものではないかと思ったが、肝心の
当真は「おまえか」と呟いただけで黙っている。この青年の場合、最初に会った時から

ずっとこんな感じなので、不躾な訪問を怒っているのか、単に不機嫌なのか、それともこれが平常どおりということなのか、さっぱり判断できなかった。

「あの、わたしはまた後日に改めますので……」

とにかく、他に客がいる場で謝罪や礼を述べるわけにはいかない。せめて手土産だけでも置いていこうと思ったら、赤月が肩に止まって首を傾げた。

「帰るのか？　ナオ。今来たばかりではないか。ゆっくりしていけ」

「……そういうわけにはいかないでしょ。お客さまがいると教えてくれれば、門のところで引き返したわ」

ひそひそと声を抑えて文句を言うと、赤月は「客？」とますます不思議そうな顔をして、座っている人物のほうに顔を向けた。

「ホンゴウのことか。アレのことなら別に気にせんでいい。いつも面倒事を押しつけてくるだけのヤカラだからの。なんだったら今すぐ追い出すぞ」

「そ、そんなことしちゃだめよ！」

いかにも紳士然とした男性になんてことを言うのだと、奈緒は焦って止めたが、雑な扱いをされた当の本人は、「ほほう！」と感嘆の声を上げた。

「お嬢さんは、赤月と会話ができるのかね⁉」

「え……」

奈緒は目を瞬いた。

男性はどこか嬉しげに、そして興味深げに、奈緒と赤月を見比べている。

「そうか、ようやく当真の伴侶になる者が見つかったということか！　これはめでたい！」

「い、いえ、あの……」

赤月以外の人から「伴侶」という言葉が出てきて動転し、「そんな予定はない」と否定すべきかどうかまごついているうちに、男性は縁側から立ち上がり、つかつかとこちらに向かって歩いてきた。

「ふうむ。これは可愛らしい娘さんではないか。当真は果報者だ。お嬢さん、名はなんというのかね？」

奈緒のすぐ前に立ち、口髭に手をやりながらまじまじと観察するような目をしたが、不思議と不快さは感じなかった。人と接する時に絶妙な距離を取りながら、いつの間にかするっとこちらに侵入してきそうな、謎めいた雰囲気がある。

「深山奈緒といいます。あの……」

「や、これは失敬！　私は本郷《ほんごう》だ。暁月家とは昔から繋がりがあってね、まあなんだ、仲介役とでも言えばいいのかね。先代当主の時からの付き合いだから、当真のことも昔から知っているよ。あれでも子どもの頃は可愛げがあったのだが――」

「本郷さん、そろそろ本題に入ってくれないか」

しみじみと昔を回顧する口ぶりになった本郷を遮るように、当真のぶっきらぼうな声が割って入った。二人の関係性は未だに摑めないが、とりあえずどちらが上でどちらが下というわけではないようだ。

そして本郷は、奈緒よりもずっと暁月家の事情に通じているらしい。

「おお、そうだな。実は、そこにいる子なんだが」

本郷がするっと「本題」とやらに入ってしまったため、奈緒はそこから辞する機会を完全に逃してしまった。そして今さらながら、その場にもう一人の人物がいることに気がついた。

先程まで本郷が腰を下ろしていた場所近く、地面にうずくまるようにして、小さな背中を丸めた子どもが座っている。顔を深く下に垂らして、しかもずっとぴくりとも動かなかったので、大きめの荷物かと思っていた奈緒はびっくりした。

「操《みさお》、おまえも挨拶しなさい。……ほら操、立って！」

本郷が声をかけても無反応だったが、パンと両手を叩く音で、操と呼ばれた女の子はようやく顔を上げ、のろのろと立ち上がった。

七、八歳くらいだろうか。ひどく瘦《や》せているので、年齢がよく判らない。貧しい身なりをしているわけではないのに、手をかけられていないというのが一目で判った。顔色が悪く、結われてもいない髪の毛はボサボサのまま後ろに垂らされ、洗いざらしの着物は裾も袖丈も短くて今の身体に合っていない。

そしてなにより、その子は人形のように無表情だった。感情を抑えている、我慢をして出さないようにしているというより、本当に「無」というくらい、のっぺりとした顔をしている。

挨拶どころか、口も動かなければ、視線さえまったくこちらに向けられない。

「この子は、とある政治家の隠し子でね」

本郷の言葉を聞いた奈緒は、やっとこの正体不明の人物の職業について、すとんと腑《ふ》に落ちた。彼の持つ威圧を伴う空気感、人との接し方、話し方、どれもすべて「政治家」と言われればピンとくるものばかりだ。

「……うん？　奈緒くん、その胡乱《うろん》げな目は何かな。もしかして、『とある政治家』なんて言い方をしているが、実は私の隠し子なんだろう、と疑っているのかね？　それはとんでもない言いがかりだよ。私が政府の関係者であることは否定しないが、この子の父親ではない。婿養子で細君に頭が上がらないくせに、余所に妾を作るようなろくでなしと同じに見られるのは不本意だ」

そこまでつらつらと喋ってから、奈緒の顔を見て「いや本当、本当だって」と手を振った。

「まあ、女関係はろくでもないが、困ったことに政治家としてはなかなか使い勝手がよくてね。その男に相談されて、こうして私が乗り出すことになったというわけだ。他人への貸しは一つでも多く作っておくに越したことはないからねえ」

さりげなく計算高いことを言って、にやりと口の端を上げる。

「相談……というと」

政治家同士の駆け引きなど奈緒からは遠い話であるが、子どもの父親から「相談」をされた本郷が、その子を連れてこの暁月屋敷にやって来たということは、考えられる理由は一つしかない。

妖魔がらみということか。こんな幼い子どもが？

奈緒は女の子をじっと見つめた。立ったままの子どもは、焦点の合わない瞳をぼうっと宙に向けて、相変わらず何も言葉を発しない。

「半年ほど前から、この子——操というんだが、操の周りで怪異が相次いで起きているらしい。すっかり気味悪がった母親はろくに子の世話をしなくなり、そのためか、操は声を出さなくなってしまった。一言もだ。何も話さんし、表情も変えない。こんなに小さいが、この子は十歳なんだよ」

棒のように突っ立っている操は、本郷の言葉が聞こえているのかも判らない。

「本人に訊ねても何も判らない上に、このままでは放置され続けて死んでしまいかねない。父親のほうは『手当は渡しているんだから』と今までずっと見て見ぬふりをしてきたが、事ここに至ってそうも言っていられなくなってきた。さすがに子どもを見殺しにするのは寝覚めが悪いし、騒ぎになっても困る、というわけだ。そして、妾と隠し子の存在が自分の細君に露見するのはもっと困る、とね」

「まあ……なんて勝手な」

奈緒は憤慨した。聞いていれば、どれもこれも自分の都合しか考えていない言い分ではないか。困る困ると言う前に、さっさとこの子にお腹いっぱい食べさせて、きちんとした着物と生活の場を与えてやるべきだ。

本郷も深く頷いた。

「まったく勝手な話だとも。それでその男は、操がまた普通の子どもに戻ったら、この状態も元に戻るだろうと考えて、なんとかしてくれないかと私に泣きついてきたのだよ。私がその手のものについて詳しいと、どこかで話を聞きかじったようでね」

「その手のもの……」

「怨霊《おんりよう》、物の怪《もののけ》、あやかし——呼び方は様々だが、とにかくそういう不可解で超自然的な何かについて、ということさ。私は暁月家と『上のほう』との仲立ちをすることが多いものだから、いつの間にかそんな噂が定着してしまった。実際のところ、私自身は別に詳しくもなんともないんだが」

政治家……しかもなんとなく政府の高官らしき本郷が「上のほう」と暗に示しているものを想像して、奈緒は少し怖くなってきた。

暁月家というのは、もしかして、自分が考えていたよりもずっと大きな存在なのでは？

「人が在れば、そこには同時に魔も在る。それは仕方のないことだ。嫉妬、憎悪、憤怒、怨嗟、破壊衝動、それらの負の感情が消えない限り、その闇から生まれ出るモノもなくなりはしない。古来、闇から生まれたモノたちは、時に人に取り憑いて悪に走らせてきた。連中は、普段はきつく閉じられている理性という名の蓋《ふた》を容易《たやす》く開けて、その中に押し込められている欲望をすべて外に解き放ってしまう。魔が差す、何かに憑かれたように人が変わる、穏やかだった人がいきなり凶暴になる、ものぐるいのようになる、という話を君も何回かは耳にしたことがあるだろう？　暁月一族はそれを『妖魔』と呼ぶが、この国の上のほうには、その厄介な存在と、それを退治する者の必要性を理解している人間も一部いて、暁月家存続の黙認と支援をする代わりに、こちらの意向も聞いてもらうことにしている、というわけだ」

本郷はまるで演説でもするかのように、すらすらと一方的に語った。部外者だからと遠慮する前に逃げ道を塞がれたようで、奈緒は呆気にとられた。

「……そんな大事なことを、わたしに話してしまってよろしいのですか」

「ん？　だって奈緒くんはいずれ暁月家の一員になるのだろう？」

「ですから……」

そんなつもりはないので自分は完全に第三者だ、と主張しようとしたが、本郷は「そうそう、それで操のことなのだが」とくるっと当真のほうを向いてしまった。弁舌は巧みだが人の話を聞かない御仁である。

「どうかね？　妖魔は憑いているかね？」

問いかけられた当真は、じろりと睨むように、子どもから本郷へと視線を移した。

奈緒と本郷が会話をしている間、ずっと操の影を観察していたようだが、話の内容もちゃんと耳に入っていたらしい。

「……ずいぶん勝手にべらべらと喋ってくれたな。一応、暁月家のことは政府の中でも機密事項のはずだろ？」

「人を選んで喋っているつもりだが。それに本当に話してはいけない内容なら、今頃とっくに赤月に突かれているだろう」

当真は、さっきから奈緒の肩に止まったままじっとしている赤月を見た。そちらにも文句を言いたそうだったが、赤月はそっぽを向いて、わざとらしい欠伸《あくび》をした。

「――影に異常はない」

結局、不満を口にするのは諦めたのか、当真はむっつりした表情でそう言った。

「妖魔憑きではないと？」

「断定はできないが、妖魔が憑いていると判断する根拠もない、ということだ」

「ふーむ。しかし、操の周りでおかしなことが頻発しているのは確かなようなのだが」

唸《うな》るように言って、自分の口髭を手で撫でる。「それではどうするか……いやしかし、このまま帰したところで……」とぶつぶつ呟いた。

やがて結論が出たのか一つ頷くと、当真のほうに向き直った。

「どうかな当真。少しの間、操を預かってくれんか。もっと時間をかけて近くで見ていれば、妖魔憑きなのかどうかはっきりするだろう」

「断る」

当真は即答した。これればかりは、冷たいとかそういう問題ではないな、と奈緒も思った。当真に幼い子どもの面倒なんて見られるわけがない。

「母親に返した途端、この子は衰弱して倒れてしまうぞ」

「そこまでは俺の知ったことじゃない。本郷さんが面倒を見てやればいいだろう」

「こう見えて、私は忙しい身なのでなあ。それに、この年齢の子を家に連れて行ったら、あらぬ誤解を招いて大騒ぎになってしまう」

「それだけ信用がないんじゃないのか」

「おお、そうだ！　名案を思いついた！」

突然大きな声を出して、本郷がまたくるっと奈緒を振り返る。嫌な予感がして後ずさろうとしたら、がしっと手を掴まれて阻止された。

「どうだろう、奈緒くんがこの子を預かってくれないか⁉」

「は⁉」

「コラ、ホンゴウ！　ナオの手を気軽に握るな、厚かましい！」

いきなりこちらに話を振られて奈緒はぎょっとしたが、肩の上の赤月はぷんぷんしながら本郷を叱りつけた。しかし怒ってほしいのはそこではない。

「こ、困ります！　わたし、小さな子の面倒なんて見たことないし、大体、家の者にだってどう言えば」

「そこは私が『よんどころない事情で奈緒くんを頼ることになった』と一筆書いたものを渡すから。なんなら親御さんのほうからいくらでも私の身元を確認してもらってもいいし、直接問い合わせを入れてくれてもいい。私は本郷功《いさお》という。裕福そうな奈緒くんの親は、実業家かな、資本家かな、それとも官僚かな？　言ってはなんだが、それらの職業で、私と繋がりを持ちたくない人はまずいないと思うよ」

さすが政治家だけあって、自分の名前の利用の仕方を知っている。確かに、奈緒の父親が知ったら、この伝手《つて》を手に入れる機会を見逃すはずがない。

本郷が早速背広のポケットから黒い手帳を取り出し、万年筆でさらさらと文章を書きつけていく。手を動かしながら、器用に口も動かした。

「操は可哀想な子なんだ。奈緒くんのようなしっかりした娘さんなら、私も安心して任せられる。赤月にもこんなに懐かれているし、心優しい性格なのだろう。うん、ホッとした！」

「ちょ、ちょっと」

「待った、本郷さん、そいつは――」

「それではこの手紙をご両親に。何かあったら連絡をくれたまえ！」

奈緒はまだ承諾の返事をしていないし、当真も異議を唱えようとしたようだが、本郷は手帳を破ったものを奈緒の手に握らせると、二人の話を聞くこともなく「ではまた！」と颯爽《さっそう》と去っていった。

操を置いて。

「なんて強引な……」

奈緒は啞然《あぜん》として呟いたが、赤月は「だから言っただろう」と呆れたようにバサッと翼を広げた。

「アレはいつも面倒事を押しつけてくるだけのヤカラだと」

やっぱり追い出してもらえばよかった、と奈緒は後悔した。


やむを得ず、操を連れて家に帰ることにした。

当真は非常に何か言いたげだったが、さすがにこの件に関しての苦言は出なかった。奈緒にまで操を置いていかれたら困るからだろう。

帰る前、「影針はまだ持ってるか」と確認されたので、奈緒は頷いた。

「何か異変があったらすぐに知らせろ。子どもに妖魔が取り憑くことは稀《まれ》だが、まったくないわけでもない。力がないから操られてもさほど危険はないと思うが、油断はするなよ。影の動きに注意しろ。一日に一度は赤月に様子を見に行かせる」

妖魔が取り憑いているかいないか、正確に見極めるのは難しい。佐吉の件で、奈緒もそのことを痛感していた。

そういえばその時の謝罪と助けてもらった礼を言いに行ったのだった——と本来の目的を思い出したのは、慌ただしくワッフルの箱だけ置いて屋敷を辞去した後のことだ。

これでは、ただ菓子と子どもを引き換えにしてきただけである。

操を連れて自宅に帰ったら、ばあやに「どこの子ですか！」と仰天された。とりあえず、手紙とも言えないような本郷の走り書きを渡しておく。この件を父親に報告するかどうかは、彼女の判断に任せよう。

「まずは、お風呂に入りましょうか」

近くで見ると、操は全体的に薄汚れて、垢《あか》じみていた。風呂どころか顔を洗うこともしていないのだろう。どれだけ放っておかれたのかと思うと、胸が痛くなってくる。

女中に風呂と食事の用意を頼み、ばあやには奈緒の子どもの頃の着物を出してもらうようお願いした。あらまあと狼狽《うろた》えながらも、操の恰好を見て薄々察するものがあるのか、ばあやは着物を探しにすっ飛んでいった。

「わたしが洗ってあげるわね。この家のお風呂はちょっと変わった形をしていて面白いのよ」

いきなり見知らぬ場所に連れてこられて怖がっているかもしれないと、奈緒は笑いかけながらなるべく穏やかな声を出したが、操の反応はない。

無表情のままボンヤリしているようにしか見えないので少し不安になったが、手を引けば歩くし、拒絶することもない。耳が聞こえないわけでもないようなので、自分の声がこの子どもの心に届くまで少し時間がかかるのではないか、と奈緒は考えた。

風呂の用意ができたと知らされて、着ていた振袖を脱いで長襦袢《ながじゅばん》姿になり、袖を襷掛《たすきが》けにする。女中が慌てて「私がやりますよ」と言ったが、奈緒はそれを断った。何も事情を知らない人間に操の世話を任せていたら、きっと永遠に彼女からの信頼は得られないだろう。

西洋風の風呂を見るのははじめてだろうに、操は驚く様子もなかった。

「着物を脱ぎましょうね。いい？」

優しく断ってから、そっと帯を解き、ぺらぺらの着物を剝がし――

その瞬間、奈緒の手が止まった。

動揺が表に出ないよう、必死に自制した。唇を嚙みしめて、呻き声が出そうになるのを抑え込む。ぶるぶると震える手は衝撃と怒りによるものだった。

操の身体には、青黒い痣《あざ》がいくつも残っていた。

あばらが浮き出そうなくらい弱々しい身体に、小さなものから大きなものまで、そして古いものから新しいものまで、どう見ても暴行を加えられた痕がいくつもある。

操を母に返したがらなかった本郷は、これを知っていたのだろうか。暁月屋敷へと連れてきたのは、我が子の面倒を見ないだけでなく暴力での虐待をする母親から、一刻も早く引き離すためという目的もあったのかもしれない

実の父親は見て見ぬふりを続けていたという。味方もおらず、助けてくれる者もいないその環境で、操はどれほど恐ろしく、つらい思いをしていたのだろう。

着物を脱がせた操を浴室内に座らせて、静かにお湯をかけていく。一瞬、小さな身体

がピクッとしたが、声は出ない。

高価なためまだ一般家庭には普及していない石鹼《せっけん》を惜しみなく使って、髪と全身をごしごし洗った。それでもすぐにお湯が黒くなる。もうもうと湯気が立ち込めて、あっという間に奈緒も汗だくになった。

お風呂を出ると、きちんと着物が用意されていた。山吹色《やまぶきいろ》の縮緬《ちりめん》は、奈緒も覚えがあるものだ。なんだか自分のお下がりを妹にあげるようで、どきどきしてきた。

「まあ、よく似合う！」

操に着せて、奈緒ははしゃいだ声を上げた。

汚れを落とした操は、驚くほどに色白だったのだ。今はただの不健康にしか見えないが、もう少しふくよかになって頰が色づけば、きっと大変に可愛らしくなるだろう。

「じゃあ、お食事にしましょう。たくさん食べてね。それから髪を結いましょうか。どういう形にしようかしら。稚児輪《ちごわ》にしてみてもいいわね。いえ、いっそ下ろして大きなリボンを飾るのもいいかもしれないわ」

奈緒はあれこれ喋りながら、操の手をぎゅっと握って食堂に連れていった。

今は楽しいことだけで頭がいっぱいになるように。

――せめてこの家にいる間は、少しでも安心して過ごしてもらおう。

それから奈緒は毎日、せっせと操の世話を焼いた。

二日目まではさすがに心配が勝ったため女学校をお休みしたが、操はほとんど手のかからない子だったので、三日目以降はばあやと女中たちに頼み、授業が終わると飛んで帰った。

操は相変わらず一言も言葉を出さないが、数日経つと、それほど間を置くことなく行動に移せるようになった。やっぱり耳が聞こえないわけでも、こちらの言っていることが理解できないわけでもなかったのだ。

あまりにも奈緒が熱心に面倒を見るので、最初は戸惑っていたばあやと他の女中たちも、今では「まるで姉妹のよう」と微笑ましそうに眺めることが多くなった。

「どうだ、ナオ。子どもの様子は」

赤月は当真の言葉どおり、一日に一度は飛んできて様子を聞いてくる。

「今のところ、何もないわ」

自分の部屋の窓枠に止まっている赤月に、奈緒はこっそり声を抑えて答えた。「お嬢さまの部屋にカラスが」となったら、箒《ほうき》を持ったばあやに追いかけられかねない。

「影に動きはないか？」

「ええ、気をつけて見ているのだけど」

影ができる際には毎回注意深く見ているようにしているが、特におかしな様子はない。

やっぱり操に妖魔は憑いていないのでは、と奈緒は思うようになっている。怪異なんて実際に起きていたのかも怪しい。そもそも子どもに暴力を振るう母親の言葉など、どこまで信用していいものか。

「ナオ、先入観はよくない。冷静に、客観的に見なければイカンぞ。オマエは大体、情に脆《もろ》いところがあるからの」

カラスにしかつめらしく注意されて、奈緒は渋々頷いた。自分がだいぶ操寄りに物事を捉えているという自覚はある。

「トーマも気にかけておるからの。近いうち、また屋敷へ来い。ミサオを連れてな」

「判ったわ。じゃあ、明日は学校がお休みだから午前中に行くわね」

約束をしてから部屋を出て、操を待たせている居間へ行くと、扉の前でばあやがおろおろした顔をして立っていた。

「どうしたの？　操ちゃんに何か」

「ああ、お嬢さま、それが」

困ったように眉を下げるばあやを見て、ひゅっと心臓が冷えた。

まさか本当に何か——と急いで扉を開け部屋の中に入る。足を踏み入れた瞬間に目を見開いたのは、そこにあった光景が、自分が想像していたものとはまるで違っていたからだ。

いや、ある意味、想像よりも悪い。

「奈緒、なんだこれは」

表情にも声にも険を入れて、こちらを振り返り詰問してきたのは、一緒に住んでいるというのにほとんど顔を合わせることもない兄の慎一郎だった。

奈緒は父親に似て目鼻立ちがはっきりしており、そういうところも「気が強い」と言われる理由の一つなのだが、慎一郎は亡き母に似て、いかにも日本人らしい平坦な顔立ちをしている。目が細く、唇は薄くて、母親には「纖細《せんさい》で儚げ」という良い方向に出ていたそれらの特徴が、慎一郎の場合は「神経質そう」という印象に繋がっていた。

「今日はご在宅だったのね、お兄さま。お久しぶりですこと」

方々《ほうぼう》を遊び歩いて不在であることが多く、たまに家にいたとしても奈緒とは生活時間がことごとくずれている兄だ。どうしてよりにもよってこういう時にいるのかと、つい口から出てしまった皮肉に、慎一郎は苛立たしそうに眉を上げた。

「うるさい、本当に可愛げのないやつめ。それよりも、これはなんだ。どこから拾ってきた？」

慎一郎が顎《あご》で示す先にいるのは、椅子にちょこんと腰掛けた操だ。今日は若紫色の着物だから、源氏物語に倣《なら》い、振り分け髪にして垂らし、横だけを少し束ねてリボンで結んでいる。

この愛らしい子どもに向かって、「これ」とは何事か。

「知り合いから預かっているのよ。小さな子の前なのだから、言葉遣いに気をつけてほしいわ」

「ふん。なにが小さな子だ。こいつはさっきから、俺が話しかけてもなんの返事もしないぞ。座ったまま動きもしない。こんな問題のある子どもを押しつけられるとは、どうせ誰かに騙されでもしたんだろう。まったく女というのはこれだから」

「お兄さま、まさか操ちゃんに対して怒鳴ったりしたんじゃないでしょうね？　怯えてしまうわ、可哀想に。それにさっきからその言い方――」

眉を寄せる奈緒に、慎一郎は「はっ」と嘲笑《あざわら》った。

「どこが怯えているというんだ。そいつは最初から表情一つ変えやしない。まるで置物じゃないか。着せ替えでもして楽しんでいるのか？　いい齢をして人形遊びに興じていればいいのだから、女学生とは呑気なものだな」

いかにも馬鹿にしたように鼻を鳴らす兄に、奈緒はムッとした。

こちらの顔を見るたび喧嘩を吹っ掛けてくるのはいつものことだが、今日は普段のように上手に聞き流せない。奈緒をあげつらうために、いちいち操のことを持ち出すのは卑怯な行為だと思うからだ。

とはいえ、それを指摘して言い返しても、ますます慎一郎の神経を逆撫《さかな》でするだけだということは経験上よく判っていた。彼は以前から、奈緒が少しでも楯突くことを言うと、激高して手がつけられない。

「操ちゃんのことは、お父さまに許可を頂いてるわ」

たぶん、ばあやが、と内心で付け加え、努めて冷静な口調で言った。

「それでも納得できないのだったら、お兄さまから直接お父さまに苦情を申し立てればいいのではなくて？」

　案の定、慎一郎は眉間に皺《しわ》を作って黙り込んだ。好き勝手なことをしているのは兄も同様なのだから、父に物申せる立場ではないことを本人が一番よく知っている。

「……女のくせに生意気な！」

　結局、慎一郎は捨て台詞とともに背を向けると、荒々しく足音を立てて出ていった。

　奈緒はほっと息を吐き、屈《かが》んで操の顔を覗き込む。

「ごめんなさいね、操ちゃん。怖かったでしょう」

　操は身じろぎもせず椅子に座ったまま、何も言わず、表情も変えない。

　しかし奈緒は、腿に置かれたその小さな手が、ぎゅっと握りしめられていることに気がついた。

　……決して、何も思っていないわけでも、感じないわけでもないのだ。

「すぐに温かい飲み物を持ってきてもらうわね。それから、一緒にお庭に出てお散歩しましょう」

　奈緒は操の手の上に自分の手をやんわり重ね、操に微笑みかけた。


　翌日はあいにくの曇《くも》り模様だった。

　もしかしたら昼過ぎから雨が降ってくるかもしれないと思い、奈緒は少し早めに操を連れて家を出た。森の中はただでさえ足場が悪いのに、雨に降られたら最悪だ。

お出かけをするからと、髪を綺麗に結い、よそゆきの着物を着せた操と手を繋いで、こころもち早足で「あやしの森」へと向かう。

その道中で、意外な人物とばったり出会った。

「あら、こんにちは。またお会いしましたわね」

涼やかな声をかけてきたのは、以前「通り魔は目を狙う」という情報をくれた美しい娘だった。

よほどそういう色が好きなのか、今日は華やかな濃紅の振袖を着て、曇りであるにもかかわらず洋傘を差している。

「こんにちは……お一人?」

先日会った時もそうだが、彼女の近くには供らしき人の姿がなかった。身につけているものからして良家の令嬢であるのは間違いないと思うのに、小間使いもなく一人でフラフラと出歩いているのだろうかと疑問に思う。

「うふふ、私、人や時間に縛られるのは嫌なのよ。こうして一人でぶらりと町の中を見て廻るのが好きなの。大体、それを言うならお互いさまではないかしら。先日は妙な組み合わせの男性と一緒で、今回はずいぶんと小さなお連れだわ」

そう言うと、彼女は大きな目をくりっとさせて、少々無遠慮すぎやしないかというくらいまじまじと、奈緒の傍らにいる操を見つめた。あまりにも視線が逸れないためか、自発的に動くことがほとんどない操が、奈緒の後ろに隠れるように移動する。

「まあ可愛らしいこと。妹さん？」

「いいえ」

否定はしたものの、悪い気はしなかった。つい、口元が緩みそうになってしまう。操を可愛いと言われたことと、何も知らない他人から見ても姉妹に見えるということが、やけに嬉しい。

「あの、この間……」

「なあに？」

カラスが人の言葉を話す、と言っていたことについて確かめようとしたのだが、自分の後ろに廻った操が着物をぐっと握っていることに気づき、奈緒は口を閉じた。

どうやら見知らぬ人に対する怯えがあるらしい。今まではこんなことなかったのに、やっぱり昨日、慎一郎に当たられたことが尾を引いているのだろう。かえすがえすも腹立たしい兄である。

「ごめんなさい。急いでいるので、これで」

雨が降りそうだから急いでいたというのは嘘ではない。奈緒が小さく頭を下げると、娘は「そうなの、ではね」とあっさり頷いた。

操の手を引いて歩き出す。少し進んでからちらっと後ろを振り返ると、彼女は微笑んで、洋傘をくるくる廻しながら自分たちを見送っていた。

暁月屋敷に到着した奈緒と操は、赤月に迎えられた。

三回目ともなると、当真は建物内に誰も入れる気がないのだなと理解するようになったので、奈緒はさっさと操とともに縁側へ向かった。

しかしそこに彼の姿はない。赤月を見ると、「ちと野暮用《やぼよう》での。すぐ来るから待っておれ」と言われたので、勝手に腰を下ろしていることにした。

操は縁側には座らず、何もない庭に立ってあたりを見回している。一度来たことがある場所とはいえ、奈緒の家の庭とはまるで趣が違うことに気がついたのだろう。

本郷と一緒に来た時は、生気なくただしゃがみ込んでいただけだから、それに比べれば操は明らかに変わっている。赤月も「ホウ」と感心するような声を出した。

「以前とは、見た目だけでなく雰囲気も違うの」

「でしょう？　やっぱりそう思うでしょう？」

「嬉しそうだの」

「操ちゃんて、とても頭がいいのよ。教育は碌《ろく》に受けさせてもらっていないようなのだけど、教えるとすぐに覚えてしまうの。呑み込みが早いのよ。神童じゃないかしら」

「自慢げだの」

「嫌いなものが多いわたしと違って、操ちゃんはなんでも食べるわ。食が細いのが少し心配だけど。でもやっぱり甘いものが好きみたいで――」

そこではっとした。自分の親馬鹿ぶりが恥ずかしくなって、というわけではなく、先日ここに持ってきた「甘いもの」のことを思い出したからだ。

「ねえ、赤月。この間、わたしが持ってきたワッフルはどうしたかしら。箱も開けずにそのまま、ということはないわよね？　誰かにあげたとか、捨てたとかならまだいいけど、放置しておくとカビが生えて大変よ」

「ム？　ナオが土産に持ってきた菓子のことか？　ホホウ、アレは『ワッフル』というのか。西洋の菓子ははじめてだったが、美味かったぞ」

それを聞いて安心した。全部が全部、無駄になったというわけでもないらしい。

「ワシは一個しか食べておらんがの」

「たくさん食べたら身体に良くないわよ。カラスだし、お年寄りだし。じゃあ残りはちゃんと始末したのね？」

「だからなぜ始末する必要があるのだ。残りはぜーんぶ、トーマに食われてしもうた。アイツは時々、食い意地が張っておる。困ったものだ」

ヤレヤレというように赤月が首を振る。奈緒はぴたっと口を閉じた。

今、なんて？

「……え……と、確かワッフルは、全部で六つ入っていたと思うけど」

「そうなのか？　トーマは三つだったと言うておったぞ。二つしか食うておらんと」

「そのうちの一つは赤月が食べて」

「ウム」

「残りは当真が食べたの？　ぜ……全部？　五つとも？　本当に？」

「ワシが気づいた時にはすでに箱は空だった。アイツは子どもの頃から、甘いものに目がなくての。いっぺんに食べたら歯を悪くするぞと何度言っても――」

奈緒はぱっと着物の袖で自分の顔を覆った。ぷるぷると肩が震える。

「んん……ふ、ふふ、あ、甘いもの好きなの……？　当真が……？　あんなしょっぱい性格しているのに……？　ふふっ……う……嘘でしょ……？」

「可愛いだろう」

「ぶふっ‼」

そこで限界が来た。耐えられず、上半身を折り曲げて突っ伏してしまう。

その時、後ろの障子がガラッと開いた。

「……赤月……」

低い声を絞り出す当真の耳は、赤く染まっていた。


普通に会話ができる状態になるまでしばらくかかったが、奈緒が笑いを収める努力をしている間に、当真の顔からもなんとか赤みが引いたようだ。

「――それで、どうなんだ」

「なんだったかしら。次に来る時の手土産はどんなお菓子がいいかという話？」

「次にその件を蒸し返したら、即刻ここから追い出すからな」

当真は怖い顔をしたが、ちっとも怖いとは思わなかった。甘味は偉大である。

しかしもうからかうのはやめたほうがよさそうだ。奈緒は一度呼吸を整えてから、改めて庭にいる操に視線を向けた。

「今のところ、何もおかしなことは起きていないわ。影にも別に変な動きはないし……そりゃあ、朝から晩までずっと目を離さずにいるわけじゃないから、絶対とは言えないけど」

「そうか……」

当真の視線は操の足元に向いている。地面に何かがあるのか、操はさっきから両膝を折って顔を下に向けていた。かなり血色が良くなってきたこともあり、そうしているとそこらにいる子どもとまるで変わりない。

「だったらさっさと元のところに戻してこい」

「犬の仔《こ》じゃあるまいし……あのね、赤月には言っていなかったんだけど」

操が母親から日常的に虐待を受けていたらしいことを話すと、当真は特に驚くことも憤ることもなかったが、少しだけ眉を寄せた。

「だから妖魔が憑いていなかったとしても、そう簡単に母親のところに戻すわけにはいかないわよ。今後絶対に手を上げないという誓いを立てさせて、父親にもきっちり責任を取らせないと」

鼻息も荒く奈緒が主張すると、当真は苦々しい表情になった。

「おまえはまた——どうしてそう、余計なことにまで首を突っ込もうとするんだ。本郷さんが言っていたのは、妖魔が憑いているかどうかの確認をしてくれ、ってことだけだっただろ」

「だって……やっぱり、放っておけないもの」

尻すぼみに声が小さくなったのは、佐吉の顔が脳裏を過ぎったためだ。

奈緒はあの件で、勝手な行動をして空廻った挙句、何一つ役に立つこともできなければ、何かを救うこともできなかった。

世界が違う、見えるものが違う、同じ人間なのに何もかもが違う、とすべてを否定された時に抱いた途方もない無力感は、今も自分の中で重く残ったままだ。

「まったくお節介だな」

呆れたような声で当真に言われ、目を伏せる。

「……生意気だ、可愛げがないと思ってるんでしょう。女のくせに、って」

おまえは気が強すぎる、女は黙って従っていればいいんだ、というのが、いつも兄から投げつけられる言葉だ。女は男より下の存在で、娘は父の所有物で、妹は兄に逆らわない。それが世の中の「決まり」なのだから——

奈緒はその意見に納得しているわけではない。受け入れているわけでもない。しかし毎回、反論はできずにいる。

なぜなら、反論の根拠になるものを、奈緒はこの手に持っていないからだ。親の庇護のもとでぬくぬくと暮らし、世間の厳しさなど何も知らず育ってきた。

与えられたものばかりに囲まれて、力もなく、足元も固まっていないのに、上から押さえつけてくる手をどうやって撥ね除けていいのか、奈緒には判らなかった。

「女のくせに？」

当真の声で我に返り、顔を上げる。そちらを向くと、彼は眉を寄せたままこちらを見返していた。

「跳ねっかえりだとは思っているし、可愛げがないと思っているのも確かだが、それは男だから女だからなんて理由じゃない。おまえはたとえ男だったとしても、お節介で、じっとしていなくて、すぐ他人に入れ込む単純な性格に変わりはないだろうから、特に性別は関係ない」

「…………」

奈緒はぽかんとしてしまった。

はじめから終わりまで失礼なことを言われている気がするし、内容は少しずれている気もするが、なぜか——どういうわけだか、ものすごく大事なことを言われたような気もした。

「……男だったとしても……わたしに変わりはない、かしら」

「ナオがオトコだったら困るだろう。ワシも困るし、トーマも困る」

独り言のように呟いたら、すぐさま赤月が異議を申し立てた。

「俺は別に困らない」

そっぽを向いた当真の頭を「コラッ」と嘴で突くのを見て、噴き出してしまう。

ひどい言われようだが、不思議と心が軽くなるような感じがした。きつく自分を縛っていた鎖が、ほんの少しだけ緩んだような。

「ワシは困るぞ！　ナオはせっかく見つけた唯一の嫁なのだからな！」

「あの、赤月、それなんだけど……」

頑固に言い張る赤月に、もう一人嫁候補がいるかも、と言いかけた口が止まった。

……ここであの美少女のことを教えたら、赤月はすぐにでもそちらに飛んでいくのだろうか。

彼女は奈緒のように「可愛げのない」性格ではないようだし、ひょっとしたら、すんなりと立場を交代することになるかもしれない。

でもその場合、用済みの奈緒はどうなるのだろう。

もうこの暁月屋敷に立ち入ることは許されなくなるのか。

妖魔なんてものに関わることもなく。

——赤月とも、当真とも、二度と顔を合わせることもなく。

「ン？　なにか言ったか、ナオ」

「ええっと……あ、そうだわ、もうすぐ雨が降るかもしれないから、今日のところはお暇《いとま》しようかしら」

言葉を濁し、奈緒は縁側から立ち上がった。まだ操のことが解決していないのだし、それを伝えるのは次の機会でもいいだろう。

操はまだじっと下を向いてしゃがみ込んでいる。よくよく見てみれば、蟻《あり》の行進を眺めているのだと気がつき、やっぱり子どもだと笑みがこぼれた。奈緒も小さい頃、飽きもせず見物していた覚えがある。

「みさ――」

「待て」

声をかけようとしたら、当真に鋭い声で止められた。操のほうを向いた横顔は厳しく引き締まり、険しい視線はまるで突き刺さるようだった。

奈緒は戸惑い、再び操に目を向けた。

操は地面を歩く蟻の行列を見ている。無表情のまま、目も口も動かない。そこに感情らしきものは何も浮かんでいない。

だが――

小さなその手は、次々に蟻を潰し続けていた。

淡々と、躊躇なく。ぶちん、ぶちん、と一匹ずつ、指先で地面に強く押しつけて。

多くの蟻は脚がちぎれ、頭が変形し、胴体が折れ曲がるという無残な姿になっているのに、操はその行為を止めようとしない。

子どもにそういう無邪気な残酷さがあるのは知っている。虫も生きているのだと理解していない年頃なら、興味本位で小さな命を踏みにじるのは別に珍しくないとも思う。が、操の顔には何もないのだ。興味も、好奇心も、愉悦も、怒りさえ。無表情で、ただひたすら執拗に、蟻を殺し続けている。

「——元のところに返さないのなら、今後はもっと用心しろ、奈緒」

当真は操を見据えたまま、低い声で警告した。

奈緒はその場に立ち尽くしていた。背中に氷柱《つらら》を入れられたような気がする。

もしかして、操の心は、自分が思っていたよりもずっと荒んでいるのではないか——

奈緒はそれから、なるべく操から離れずに過ごした。

一緒に食事をし、庭を散歩し、文字を教え、幼い頃に使った毬《まり》やお手玉を引っ張り出して二人で遊ぶ。

操は静かで大人しく、奈緒の言うことをよく聞いた。そして、問いかければ頷いて意思を示すようにもなった。

空っぽのようだった操の内部には、確実に何かが芽生え、育ち始めている。それが闇なのか光なのかを、奈緒は知りたかった。

操の影には依然として不審な動きはない。

「操ちゃん、今夜からわたしと一緒に寝ましょう」

これまで操には客間のベッドを使ってもらっていたが、奈緒はそう提案して、自分のベッドにいそいそと二つの枕を並べた。

二人で寝ると狭いかしらと思ったが、操は小さいから大丈夫だろう。用意をしたら気分が浮き立ってきて、むしろ最初からこうすべきだったのではないかとさえ思った。

浴衣の懐に、影針の入った袋を忍ばせておく。

前回、佐吉が妖魔に憑かれているのではないかと考えたのは、一種の願望でもあった。悪いことをしているのだとしても、それは妖魔に操られてしたことなのだから、佐吉には罪がないと思いたかったのだ。

だから当真は奈緒に対して「目隠しされている」と言ったのだろう。どろりと濁った闇の部分——ふつふつ滾《たぎ》る怒り、全身を蝕《むしば》む悲嘆、真っ黒に染まった絶望は、確かに佐吉自身のものだったのに、その肝心なところから目を背けようとしていた奈緒に、彼が心を開くはずがなかった。

今度もまた同じ過ちを繰り返すわけにはいかない。

妖魔が憑いていようがいまいが、奈緒はもう逃げないと決めたのだ。

無力であっても、できることは大してなくとも、せめてきちんと操と正面から向き合おう。

「ああ、もう、鬱陶しいねえ！」

強い苛立ちを込めた怒鳴り声が聞こえて、奈緒はびっくりして目を開けた。

そうしたら、見ず知らずの女性の顔が自分のすぐ間近に迫っていて、さらに驚いた。誰だこれは。

さっきまで自室のベッドの中にいたはずなのに、現在、奈緒はまったく知らない場所にいる。どこかの家の中だということは判るのだが、奈緒の記憶にはないものだった。

自宅の洋館とは違って、昔ながらの和風建築のようだ。障子と板戸で仕切られた部屋は六畳ほどか。物は多くないのに雑然とした感じがするのは、畳の上に転がった徳利《とっくり》や、だらしなく着物を投げかけただけの衣桁《いこう》や、隅に追いやられた布団のせいだろう。

その部屋の真ん中に、眉を吊り上げた女性が仁王立ちになっていた。

「あたしに話しかけるなと言っただろ!? うるさいんだよ! 頭が痛いと言っているじゃないか、黙ってな!」

ここがどこで、この女性が誰なのか、その考えもまとまらないうちに激しく怒鳴りつけられて、奈緒は大混乱に陥った。

容姿は整っているようだが、結った髪が解けかけ、着物も胸元がはだけて乱れている。今の彼女を美しいと思う人間はまずいないだろう。その赤ら顔は酒のためか見苦しくむくんでおり、唇から出るのは甲高い金切り声ばかりとなったら、なおさらだ。

鬼のような、醜悪《しゅうあく》な顔。奈緒はそう思ってしまった。

「おまえのその陰気臭い顔を見ていると苛々するんだよ! 目障りだからあっちに行ってな!」

乱暴な口調で吐き捨てられたが、奈緒はそこから動かなかった。

いや、動けなかった。

動かなくてはさらにひどいことになると判っているのに、顔は強張り、身が竦んでしまっている。力が入らないから、立つこともできないのだ。

その場にうずくまって小さくなったまま、じっとしているしかない。手と足はさっきからずっと震えていた。これからやって来るであろう嵐を予感して、血の気が引いた。

怖い。動けない。声は出せない。静かにしていないと叱られる。泣いたらもっと怒られる。何も言ってはだめだ。

「失せなって言ってるんだよ、聞こえないのかい！　あたしに逆らうのか！」

がたがたと震えて身を縮めているだけの奈緒に、彼女はますます怒り狂った。

何がそんなに苛立って、腹立たしいのか。そのもともとの理由はおそらく奈緒にはないはずなのに、子どものように地団駄を踏み、歯を剝き出してこちらを睨みつける女性の瞳は、憎悪に燃えていた。

彼女の片足が振り上げられた。咄嗟に目を瞑《つむ》ったら、次の瞬間、腹部に強烈な衝撃が来た。息が止まり、暗闇に白い光が瞬く。

両手でお腹を押さえて背中を丸めたら、すかさず手が伸びてきて、髪を乱暴に鷲《わし》摑みにされた。そのまま容赦ない力で引っ張られ、地肌を剝がされるような痛みに襲われる。

だが、ここで泣き声を上げたらますます痛めつけられることだけは判っていたから、歯を食いしばって我慢した。

女性は奈緒をずるずると引きずってガラッと板戸を開けると、その中に放り投げた。

納戸は暗くて狭く、黴《かび》臭いにおいがする。ドサリと物のように転がって、脂汗を流しながら丸まり、お腹の痛みが少しでも和らぐようにと祈った。

「朝までそこにいな！　出てきたら承知しないよ！」

ピシャンと叩きつけるように戸が閉められる。

痛みのおかげでしばらく空腹にはならないだろうが、水を飲むのも、用を足すのも許さないということだ。だからといって粗相をしたら、さらにきつい仕置きをされる。ぶたないで、蹴らないで、怒らないでとどんなに頼んでも、一度だって聞き入れられたことはなかったから、奈緒はもうすっかりそうすることを諦めてしまった。

奈緒の言葉は何一つ、彼女の耳に入ることはない。何か言えばうるさいと手か足が飛んでくるのだから、できるのはただ黙っていることだけだ。

声を出してはいけない。泣いてはいけない。笑ってもいけない。表情を変えてはいけない。本当は、息をして動くのもいけないのだろう。おまえなんて産まなきゃよかった、と悔やまれるばかりの子どもなのだから。

いつもじっとしていなければならないのだ。そうだ、人形になればいい。人形だったら、心なんて必要ない。心を失くしてしまえば、痛くても、悲しくても、つらくても、苦しくても、きっと平気でいられる。

瞼《まぶた》を固くくっつけて目を瞑ると、さらに闇色が濃くなった。

――この世界はどこもかしこも真っ暗だ。

何も期待しない、何も願わない。何も要らない。どれだけ望んだところで、温かい家も、優しい親も、平穏な日常も、決して手に入らないのなら。

もう何も考えたくない。

闇の中、耳を押さえても聞こえる大きな罵声《ばせい》だけが響いていた。

「子どもがいれば、あの男だってもっと金を出してくれると思ったのに、とんだ計算違いだった。おまえがいたところでなんの役にも立ちゃしないんだよ、操！」

みさお？

奈緒はがばっと身を起こした。

周囲は暗く、窓から入る月明かりだけが室内の様子をほんのりと浮き上がらせている。

ここは自宅洋館の奈緒の部屋、そしてベッドの中だ。

鼓動が激しく胸を打っている。顔といわず、手といわず、全身が汗でしとどに濡《ぬ》れていた。まだ腹部と頭に、痛みが残っているような気がする。

――夢。

そう、夢だ。現実との境目が判らないくらい、はっきりとした悪夢だった。

しかし、奈緒の夢ではない。

隣に視線を向けると、操が小さな身体を棒のように硬直させて、ぱっちりと目を開けていた。暗くても、その顔が奈緒と同じく汗で濡れていることが判る。ふうふうと息を荒くしているのに、唇は強く引き結ばれていた。

あれは操の夢だった。そして操の記憶であり、過去でもある。どういうわけか奈緒はその夢を共有し、操が母親から受けた虐待を追体験したのだ。

か細い肩にそっと触れると、操がびくっと身じろぎした。

こんな小さな身体の内側に、どれほど重いものが詰め込まれているのだろう。

「……怖かったね」

奈緒は囁くように言って、操の頭を優しく撫でた。そっと手の甲で額の汗を拭う。

見開かれていた目が動き、こちらを向いた。そこにあるのは苦悶か、悲哀か、恐怖か、猜疑心《さいぎしん》か。

操はそれらの感情を、自分の声とともにすべて押し込めてきたのだ。外に出せば、母親に怒られて、殴られて、嫌われるから。

虐待はずっと以前から続いていた。それが原因で操は言葉を外に出さなくなったのだから、「怪異が起きて気味悪がった母が世話をしなくなり、口をきかなくなった」という本郷の認識は誤りだ。いやもしかしたら、そもそもが、事が露見することを恐れた母親の言い訳だったのではないか。

「もう一度、目を閉じて。今度は違う夢を見ましょう。この間読んだ、本の世界に行けるといいね。ほら、外国の楽しい童話よ」

再び布団の中に潜り込み、操にぴったりとくっついた。操はしばらく固くなっていたが、次第に力が抜けていき、そろりと奈緒に身を寄せてきた。

両腕を廻してふわりと抱きしめる。子どもの身体はぽかぽか温かくて、どこもかしこも柔らかくて、ふにゃふにゃと頼りなかった。

握りしめられていた小さな拳が開き、奈緒の浴衣をぎゅうっと力を込めて強く摑んだ。

その夜以降、操は奈緒の傍からなかなか離れなくなった。

二人で一緒に過ごす時間がさらに増え、女学校に行っている間以外は、ほぼ一日中べったりという状態だ。

しかも、これまでは奈緒が操のもとへ寄っていくことがほとんどだったのに、それが逆転した。

奈緒を目で探しては、操のほうからトコトコ近寄ってくるし、後をついてくる。

操がそういうことをするのは奈緒にだけで、やっぱり言葉や感情が出るわけではないのだが、だからこそいじらしく思えてならない。まるで卵から孵《かえ》ったばかりの雛が、親鳥にくっついて廻っているようだ。

家の中を歩いていて、ふと振り返ると、ちょこちょこと一生懸命追いつこうとしている操が目に入る。立ち止まって屈めば、遠慮がちにすり寄ってきて上目遣いで覗き込んでくる。その姿は本当にもう、悶《もだ》えそうになるくらい可愛い。

奈緒はますます親馬鹿になり、でれでれと目尻を下げて操を甘やかした。

そして同時に、操の「これから」について、真剣に考え始めるようにもなった。

操をあの母親のところに返すわけにはいかない。かといって、父親もまったく頼りになりそうにない。最良なのはこの家に引き取ることだが、さすがにこの先ずっとということになると、きちんと父親の承諾を得る必要がある。

まずは横浜に手紙を書くべきか。いやその前に本郷に連絡を取って——とあれこれ策を練っていた矢先、女中たちが操を見る目にも変化が起きていることに気がついた。

しかしそれは、操とは完全に真逆の方向の変化だった。

これまでは奈緒が操を構いつけるのを笑って見ていたのに、現在の彼女たちが操に向ける視線は、どこか余所余所《よそよそ》しく、緊迫した空気を孕んでいるように見えるのだ。

奈緒はその理由を訊ねたが、全員揃って曖昧に言葉を濁す。それでもなお食い下がって問い詰めると、女中らは気まずげに顔を見合わせ、驚くべき事実を口にした。

——実は少し前から、この屋敷内で、続けざまにおかしなことが起きているんです、と。

はじめは、庭に植えられた花だった。

美しく咲いた大きな百合《ゆり》が、がくの部分で切断されて、花だけが下にころんと落ちていたらしい。まるで首を切られたようだと、それを見つけた女中は嫌な気持ちになったが、黙っていることにした。落ちているのは花弁を開いた二、三本ほどのことだったし、わざわざ騒ぎ立てるほどのことではないと思ったからだ。

それから、台所のほうで、食材が行方不明になることが相次いだ。

作っておいた料理がなくなるとか、菓子がなくなるというのなら、良いことではないがまだ理解はできる。しかし、姿を消すのは野菜や生魚という調理前の食材だ。しかもすべてではなく、一種類ずつ姿を消す。人間がつまみ食いをするにしても、入り込んだ猫が持ち出すにしても、奇妙なものばかりだった。

そしてある時は、棚にしまっておいたカップが割られていたり、またある時は、迷い込んできた小鳥が庭の隅で羽を痛めて落ちていたり。

慎一郎の本がビリビリに破られていた時は、怒鳴り散らして犯人探しをする兄に、家にいた全員がびくびくしながら過ごす羽目になったそうだ。

どれもこれも初耳のことばかりで、奈緒は啞然とした。

なぜ今まで知らずにいたのかといえば、それらの異変が必ず自分が女学校に行っていて不在の時間帯に起きていたことに加えて、ばあやが女中たちに固く口止めしていたためだ。大したことではないのだから、わざわざお嬢さまを煩わせる必要はないと。

だが、いくら小さなことばかりとはいえ、こうも続けば「気味が悪い」と思うようになっても無理はない。

誰もはっきりと言葉にはしないし、露骨に顔に出すこともないが、女中たちがいずれも操のことを頭に浮かべているのは明白だった。

起きているのは「怪異」というわけではない。それらはどれも人の――子どもの手によってでも可能なことばかりなのだから。

操が何も話さず表情を変えないのも、その疑惑を膨らませる理由の一つだっただろう。すべてを知っていても操に対する態度を変えなかったのは、ばあやだけだ。

よくよく聞いてみれば、それらの異変は、操と夢を共有した日を境に起きている。

奈緒はひたすら困惑するしかなかった。

「……オマエはどう考えているのだ？　ジョチュウたちと同じく、それはミサオの仕業だと思うのか？」

翌日やって来た赤月に事情を話すと、まずそう訊ねられた。

その問いに、奈緒は答えられなかった。

自分の気持ちとしては、そんなはずがない、とすぐさま笑い飛ばしたい。しかし目を塞いでしゃにむに否定するのは、「信じる」とは言わないだろう。

以前赤月に言われたように、冷静に、客観的に状況を見るならば、やはりどうしても首を横に振ることはできない、というのが正直なところだった。

問題は、もしもこれらが操のしていることだとして、どうしてそんな行動に出るのか、ということなのだ。不満なり抗議なりがあるのなら、もっと他にやりようはある。

きっと、操なりの理由があるはず。それが判らないということは、奈緒があの子のことをまったく理解できていないということだ。

それがなんとも情けなく、悲しかった。

操と寄り添えているような気になっていたのは、ただの独りよがりな思い込みだったのか。

自分はまた、佐吉の時と同じく、空廻っているだけなのか。

言葉もなければ顔にも出ない操に対して、奈緒は一体どうやったら、その心の奥にあるものを拾い出し、声なき声に耳を傾けることができるのだろう。

「手に負えなくなる前に、トーマのところに連れていけ。妖魔が関与しているかどうかはともかく、傷を抱えた人間というのは厄介だぞ。母親のもとに返さずとも、ホンゴウなら保護の手筈《てはず》を整えられるだろう」

「もう少し……もう少し待って」

奈緒は赤月に懇願した。

赤月の言うとおり、もしかしたら操は奈緒の手には負えないのかもしれない。しかし、ここであの子どもを放り出すような真似をすれば、間違いなく事態を悪化させるという確信に近いものがあった。

「もう少しだけわたしに時間をちょうだい、お願いよ」

「……トーマに伝えておく。ナオ、必ずいつも影針を肌身離さず持ち歩くのだぞ。無理はするな」

赤月はそう言うと、バサッと羽ばたいて飛び去った。

そして数日後、奈緒の苦悩を嘲笑うように、決定的な事件が起きた。

きっかけはまた、兄の慎一郎だった。朝、操と連れ立って食堂に入ったら、すでにそこでは慎一郎が席に座って朝食をとっていたのだ。

まあ珍しい――という言葉が出そうになったのをぐっと呑み込み、「おはようございます、お兄さま」と挨拶をした奈緒に、慎一郎はくっきりと眉根を寄せた。

これから一日が始まるという爽やかな朝、妹に向ける顔ではない。いつから兄はこうも自分を目の敵にするようになったのか。昔はもう少し兄妹らしいやり取りがあったはずだが。

ため息を我慢して、操を椅子に座らせた。操は兄が発する不機嫌そうな空気と威圧感に怯えているのか、うな垂れるように顔を下に向けている。気の毒に、これでは食事も碌に喉を通らないだろう。食べ終えたら、さっさと食堂から出ていってほしい。

「挨拶もできないとは不調法な子どもだ。躾もされていないのか」

ふんと鼻息を吐いて、慎一郎が腹立たしそうにテーブルを指で叩いた。トントントンとしつこく続くので、その音のほうがよほど癪《しゃく》に障るわ、と奈緒は内心で言い返した。

「俺の顔が見られないのは後ろめたいからだろう。奈緒、俺はまだ謝罪を受けていないぞ」

「謝罪？」

「女中から聞いたんだろう？　俺の本を破いた件についての謝罪だ。他のこともすべて、その子どもの仕業に決まっている。そいつの監視はおまえの役目のはず、それを怠ったのだから責任の所在はおまえにある」

操が下を向いたまま、小さく肩を揺らした。

慎一郎の本のことも含め、一連の不審な出来事については、まだ操に何も訊ねていないし、触れてもいない。ゆっくりと落ち着かせてから、頃合いを見計らって少しずつ切り出すつもりだったので、兄の無神経な要求に顔が強張るのが判った。

「お兄さま、その話は後で――」

「いいや言わせてもらう。奈緒、いつまでその子どもをこの家に置いておくつもりだ。下働きとして使うならまだしも、まるで客人のごとき扱いじゃないか。勝手をするのも大概にしろ」

「操ちゃんはお客さまよ。身元のしっかりした方からお預かりしたんだもの」

「嘘をつけ、こんなにも痩せこけて、礼儀も身についていなければ学もない、しかも盗みや悪さを繰り返す猿のような子どもを、たかが女学生に預ける痴《し》れ者が、一体どこの世界にいる？　おおかた、道端にでも捨てられていたのを拾ってきたんだろう」

ずけずけと暴言を連発して、席を立った慎一郎が、操のすぐ傍らまで近づいていく。

俯《うつむ》いてじっとしている子どもを蔑むように見下ろし、唇を歪めた。

「そりゃあ、口もきけない、表情も変わらない、そんな気味の悪い子どもなんて、親も捨てたくなる――」

「お兄さま！」

奈緒は椅子を倒すような勢いで立ち上がった。

つかつかと歩き、操の前に出て兄と対峙した。今までは穏便に済まそうと努力していたが、奈緒の忍耐にだって限りがある。

「いい加減にしてちょうだい。こんな小さな子に言っていいことと悪いことの判別もつけられないの？　あまりにも大人げないわ」

まっすぐ視線を合わせて歯向かってこられたことに驚いたのか、慎一郎は目を見開いていたが、次第に顔が赤くなってきた。羞恥ではなく、怒りのためだということが奈緒にも判ったが、ここまで来たらもう後には引けない。

「大人げない……だと」

「ええそうよ。わたしのことが気に入らないのなら、直接わたしにそう言えばいいじゃないの。すぐ女のくせに女のくせにと言うけれど、操ちゃんのことを引き合いに出してわたしを責める見苦しい真似は、そんなに男らしいかしら。大体、真面目に通っていないとはいえ、お兄さまだってまだ『たかが大学生』のはずよ。立場としてはわたしとそう変わりないわ」

ここにばあやがいたら慌てて途中で止めてくれただろうが、運の悪いことにこの時彼女は台所にいた。それで奈緒の言葉は、誰にも遮られることなくするすると最後まで出てしまった。

まずかった、と気づいたのは、言い終えてから兄の顔を見た時だ。

慎一郎の顔はもう赤くなっていなかった。むしろ血の気が失せて蒼白になっていた。奈緒の言葉は、どれもこれも兄の急所の真ん中を撃ち抜く威力があったらしかった。

「……っ、おまえは昔から本当に——思い上がるのもいい加減にしろ、奈緒！」

慎一郎が怒鳴りつけて、手を振り上げる。普段はどれだけ口が悪くても手が出ることはなかったので、奈緒は一瞬思考が止まった。暴力とは縁のない人物なのだが、妹に言葉でやり込められて、咄嗟《とっさ》にその反撃が力で訴える方向に出てしまったのだろう。

操と共有した夢が頭を過ぎる。あの夢の中で、奈緒は操だった。人から暴力を振るわれることに対する、身の竦むような恐怖が蘇《よみがえ》る。

衝撃に備えてぐっと全身を固くしたが、頬を平手打ちされる痛みも音も、いつまでもやって来ない。

代わりに食堂内に響いたのは、

「ぐあっ！」

という、慎一郎の悲鳴だけだった。

目の前の状況に、奈緒は茫然とした。

慎一郎は自分の腕を押さえ、痛い、なんだこれはと叫んでいる。

腕からはぽたぽたと血が滴っていた。そこを押さえている手もすでに真っ赤に染まっている。鋭利な刃物で切られたかのような傷は、掌くらいで塞げるようなものではない。まるで、かまいたちだ。シュッと何か黒いものが目の端を掠めるように素早く走ったと思ったら、次の瞬間には兄の腕から血が噴き出していたのである。

普通では考えられないし、あり得るはずもない、不可解な出来事。

……それを人は、「怪異」と呼ぶのではなかったか。

奈緒は見た。兄の腕を切りつけたのは、確かに黒い「影」だった。足元の地面にへばりついている影ではなく、自在に動いて人を傷つける力まで持った、まるでそれ自体が意思を持っているかのような影だ。

その影は、操の中から現れた。

操は苦しみもがく慎一郎を見て、薄っすらと笑みをたたえている。表情を変えることのなかった子どもが、この時ははっきりと笑っていた。

奈緒はぶるりと身を震わせた。

声を聞きつけて女中たちがやって来たのか、複数の足音が聞こえてくる。

次の瞬間には、操の手を取り、外へ向かって駆け出していた。

衝動的に家から飛び出して、奈緒が向かった先は「あやしの森」だった。

何も考えられず、無我夢中で足を動かしていたら、いつの間にかそこまで走ってきていたのである。はあはあと呼吸を乱してその場所に着いてから、完全に無意識だったことに気がついた。

いつの間にか、奈緒はあの不愛想な青年のことをすっかり頼りにしていたらしい。

今も手を握ったままの子どもに目をやる。結構な距離を走り続けたというのに、操は奈緒のように息が切れてもいなかったし、疲れているようでもなかった。口元はまだ笑いの形を保っているが、その目は妙に虚ろで、まるでガラス玉のようだ。

奈緒は周囲に誰もいないことを確認してから、両膝を突いて操と視線を合わせた。

「……操ちゃん。さっきのことは、あなたがやったの？」

頷くか、首を横に振るか、どちらの反応が来るのかとドキドキしながら問いかけたが、返ってきたのはそのどちらでもなかった。

「そうだよ」

喋った。

はじめて操の口から発せられたその声を聞いて、奈緒の背中にぞうっとした寒気が走った。

それはどう聞いても子どもの声ではなかったからだ。低くしわがれて、キイキイと空気の軋む音に似た、老人のような声だった。

「ど……どうして？」

「だって、おねえちゃんを殴ろうとしたもの。あたし、おねえちゃんを苛《いじ》めるやつは、絶対に許さないの」

　問いに対する返事に迷いはなかった。しかし、そこに感情は乗っていない。姿は子どもも、声は老人で、無機質な棒読みの口調。奇妙なそれらの取り合わせがなんとも異様で恐ろしく、奈緒の額から汗が噴き出した。

「花をもいだり、カップを割ったりしたのも？」

「そうだよ。だって、あの花は香りが強くて苦手と言っていたよね？　おねえちゃんの嫌いな食べ物は先に捨てておいたの。小鳥はうるさく鳴いておねえちゃんのお勉強を邪魔したから石を投げた。湯呑みは『柄が派手すぎるわね』と言っていたじゃない」

　奈緒は眩暈《めまい》がして、その場にぺたんと座り込んだ。

　たったそれだけの——奈緒が何の気なしに呟いたほんの一言のために、操はそれらを排除しようとしたというのか。

　本を破ったのは、それが奈緒を苛める兄の持ち物だったから。慎一郎は操に、明らかな「敵」として認定されていたのだ。

　だから攻撃することにも躊躇がなかった。

「……想定していた中でも、最悪の部類だったな」

　その時、ザッと草を踏む音がして、森の中から当真が出てきた。肩には赤月が乗っている。おそらく様子を見にきた赤月が、家での騒ぎに気がついて、奈緒よりも一足早く当真に知らせてくれたのだろう。

当真は渋い顔をしていた。洋装に日本刀を括りつけている姿はいつもと同じなのに、奈緒は急に、その肩越しに見える刀の柄を見て怖くなった。

「奈緒、そいつから離れろ」

厳しい声で言われたが、奈緒は立ち上がることもせず、小さく首を横に振った。彼が今から何をするつもりなのか、考えるだけで胴震いがした。

「影に異常がないのも道理だ。その子どもはすでに妖魔に侵食されている。『憑かれる』という段階じゃない、もはや『寄生』だ」

寄生……と半ば呆けた頭で繰り返した。それがどういうことなのか、奈緒にはよく判らない。しかし当真の険しい表情から、事態がよほど逼迫《ひっぱく》しているということだけは察せられた。

「操ちゃんを……どうするの」

消えそうな小声で訊ねると、当真がこちらを向いた。

青ざめて、ぶるぶると震えたまま座り込んでいる奈緒を見て、いつも動じることのない彼の瞳が、わずかに揺らいだ。

「……こうなってしまったら、もう宿主ごと妖魔を斬ってしまう以外、方法がない」

一拍の逡巡の間を置いて返された答えに、息を呑む。

雪乃の時はそれが「いちばん手っ取り早い」と、他にもやりようがあるような言い方をしていた。しかし今回は、それ以外に「方法がない」と言いきっている。その事実に、冷たい恐怖心が胸の奥底から湧き上がってきた。

操を斬る？　こんな小さな子を？　今までずっと苦難に耐え忍んできただけの、哀れな女の子を？

奈緒はまだ操に何もしてあげられていないのに。

「そ、んなの……だめよ……」

激しく反発したい気持ちとは裏腹に、自分の口からは力のない弱々しい声しか出てこない。じわりと滲み出した涙は、あっという間に大きな雫になり、ぽたぽたと頬を伝って落ちていった。

「赤月、お、お願い、やめさせて」

「ウム……ナオ、こればかりは」

赤月までがうな垂れて、奈緒はさらに打ちのめされた。

背中の刀の柄に手をかけたまま、当真は動きを止めている。唇が曲がり、視線が奈緒と操の間を行き来していた。刃を抜こうという意志に対して、何かがそれを止めているようでもあった。

「おまえの兄に危害を加えたんだろう？」

「先に兄がわたしを殴ろうとしたからよ。その他のこともすべて、わたしのためにしたことだった。そこにあるのは悪意ではないわ。操ちゃんは善悪がまだ判断できないの。それは操ちゃんのせいじゃない」

奈緒は両腕を伸ばして、操の身体に廻した。

差し出される救いの手も、守ってくれる存在もなかったこの子に、これ以上何を負わせるというのだ。

「操ちゃんは環境次第でこれからいくらでも変わっていける。まだ無限の可能性がある。それを奪ってしまわないで」

「――奈緒、よく聞け。取り憑いた妖魔は今、影に潜んでいるわけじゃない。その子どもの『内部』に入り込んで、ほぼ一体化してしまっているんだ。このまま放っておけば、いずれ妖魔に人格すべてを食い尽くされる。そうなったらもうどちらにしろお終いだ。肉体は残っても、精神が死ぬ」

「そんな……」

喘《あえ》ぐような声が出た。そんなことを説かれても、奈緒はどうしても受け入れられない。操の人生を、未来を、可能性を諦めたくはなかった。

泣きながら何度も首を振り、喉の奥から声を絞り出した。

「……だめよ……み、操ちゃんはずっと、母親からの虐待のせいで、自分の心を閉ざしてきたのよ。声を出さず、感情を押し込めて、人形のようになれば悲しみもつらさも何も感じずにいられるからって……なのに、どうして」

「心を閉ざす……」

ふと、当真が小さく呟いて口を結んだ。

しばらく考えるような顔をしてから、真面目な表情で「奈緒」と名を呼んだ。

「だったら、その心をきちんと開かせることができるか？」

「え……」

「普通、子どもに妖魔が憑くことはあまりない。意志や思考が散漫すぎて操りにくいからだ。心というものが一つの箱だとすると、操のその箱は母親の虐待によって閉じられた状態だった。そこに妖魔が目をつけて、影に取り憑く代わりに寄生し、好きなように弄んでいるんだ。操はその箱を奈緒に向けて開きかけたが、妖魔がそこに干渉して押さえつけているから、歪な形をしたものしか出てこない。本人がその干渉を撥ね除けて、きちんと箱を開け放つことができれば、引き剝がせるかもしれない」

「心の箱……」

奈緒の頭の中に、大きな黒い生き物が、小さな箱を放ったり投げたりして遊んでいる図が浮かんだ。

箱の中からかすかに「助けて」という声が聞こえてきても、誰もそれに耳を傾けない。蓋がわずかに開きかけて、そこから綺麗に澄んだ光が漏れ出しても、黒い生き物がそれをすぐに濁らせて汚してしまう。そして楽しげに笑うのだ。

そう考えたら、猛然と腹が立ってきた。

ぐいっと乱暴に涙を拭う。めそめそ泣いている場合じゃない。

「——操ちゃん」

細い両肩に手を置いて、くるっと身体を自分のほうに向けた。

「操ちゃんの中に、悪い生き物がいるんですって。それを追い出してやりましょう」

奈緒が話しかけても、操は薄笑いを浮かべたまま反応を返さない。いや、これは操ではない。今表に出て主導権を握っているのは、妖魔のほうだ。

操自身はきっと、この頼りない身体の中で、背中を丸めて小さくなっている。

「そこは暗くて狭くて、怖いでしょう？　でもね、鍵はかかっていないのよ。操ちゃんはいつでも、自分でその戸を開けて外に出られるの。外はこんなにも明るくて広くて気持ちが良いわ。早く出ていらっしゃい」

きっと操は最初から、納戸の中に隠れていたのだろう。外に出ることに怯えて、少しずつ戸を開けたり閉めたりしながら、こちらの様子を窺っていた。出ていこうか、どうしようか。怒られたりしないだろうか、自分を殴る人はいないだろうか。たまに少しだけ開けて顔を覗かせ、びくびくしながらまた閉じて。

外は怖い。でも、自分がいるこの暗闇だって怖い。だってここは静かで、手足も伸ばせなくて、冷たくて、一人ぼっちだから——

「恐ろしいわよね。今までずっと、我慢していたのよね。たくさん泣いていいのよ。怒ってもいいの。もう誰も操ちゃんをぶったりしない。わたしが絶対に絶対に、そんなことさせないわ。わたしが嘘をついたことがあった？　勇気が要るかもしれないけど、どうか頑張って戸を開けて、そこから出てきてちょうだい」

ガラス玉のような大きな目がこちらを向いた。操は今、迷っている。真っ暗な場所に一人でうずくまったまま、懸命に考えている。

ここには誰もいない。誰もいないから安全だ。

……でも、誰もいないから、寂しい。

「わたしはここにいる。戸の外で待ってる。また一緒にお出かけして、本を読んで、遊びましょう。そこを開けて、わたしの手を取って」

奈緒は両手を差し伸べ、じっと待ち続けた。操が出てきてくれることを信じて。

「大好きよ、操ちゃん」

微笑んでそう言うと、操の口がかすかに動いた。

ひゅう、と空気を吸い込んだ。

わななく唇が、必死で言葉を紡ぎ出そうとしている。

「……お……お、ねえ、ちゃん……」

ようやく出された小さな小さな声は、さっきの老人のようなものではなかった。怯えて、不安そうで、震えているが、愛らしく舌足らずな、操本人の声だった。

真珠のように澄んだ涙の粒が、その目からぽろっとこぼれ落ちる。

開いた。

「操ちゃん！」

奈緒が歓喜の声を上げると同時に、当真が素早く抜き放った刀を操の影にまっすぐ突き立てた。

その瞬間、ゴッと低い音を立てて操の身体から勢いよく何かが噴出した。

「きゃあっ⁉」

「奈緒！」

黒い靄《もや》のようなものに視界を塞がれて、思わず操の肩から手を離してしまう。ものすごい力で後ろ襟《えり》を引っ張られて、放り出されるように地面に転がった。

いたた、となんとか身を起こした奈緒は、そこで目にした光景に絶句した。

――操が二人いる。

同じ顔、同じ着物だ。そして眉を下げた同じ表情をしている。双子でもここまでは似るまいというくらい、二人の操の外見には相違点がなかった。

「な……なに、これ」

「まったく往生際の悪い妖魔だな。操に拒まれて弾き出された途端、同じ姿に擬態《ぎたい》した。こちらを惑わせて時間を稼ぎ、隙をついて逃げるつもりだろう。今までなかなか尻尾を出さなかっただけあって、悪知恵が働く」

奈緒を庇うように前に立ちはだかった当真が、舌打ちしてそう言った。

「擬態……」

「どちらかが本物の操、どちらかが妖魔だ。妖魔のほうを斬ればそれで一件落着、というわけだが――」

問題はどちらが妖魔なのか見分けがつかないことだな、と忌々しげに付け加える。

「見分けがつかない？」

ぽかんとして問い返すと、当真がはっとしたように目を瞠った。「もしかして」と驚いた表情で奈緒を見る。

「おまえには見分けがつくのか？　どっちが操か」

「……え、こちらの操ちゃんが本物でしょう？　ぜんぜん違うじゃない」

こんなにはっきりしているのに本当に判らないの？　と聞こうとしたら、その前に当真が無言で刀を振りかぶった。奈緒が指し示したほうではない、もう一方の操の姿をしたものに向けて。

そちらの操は咄嗟に逃げるような動きをしたが、それよりも刀身が唸《うな》りを上げて弧を描くほうが早かった。

勢いよく袈裟《けさ》がけにされても、その身体から血は出ない。だが口からは、けだものじみた異様な呻き声が迸《ほとばし》った。姿は同じでも、ぎょろっと大きく見開かれた黒々とした穴のような目は、明らかに人のものとは違う。

どろりと形が崩れて黒い影に戻った妖魔は、平面になってべったり這いつくばり、そのまま染みのように地面に広がった。

やがてその染みが、しゅうしゅうと音を立てて薄くなり、消えていく。

当真は黒く染まった刃を一瞥して、カチンと鞘に収めた。

「操ちゃん！」

残った本物の操の身体を、奈緒は思いきりかき抱いた。

抱かれたままぼうっとしていた操は、徐々に顔を歪ませて、うわあん、と大きな声を上げて泣き出した。

「怖かったね……もう大丈夫、大丈夫だからね」

奈緒は操の濡れた顔に頬ずりして、頭を優しく撫でた。自分の目からも涙が溢《あふ》れて、前がよく見えない。

「ホウ、息がピッタリではないか。二人で協力して妖魔を倒したのだな。トーマとナオ、信頼関係ができてきた証だのう」

赤月が喜ぶようにそう言って、バサバサと翼を動かす。

「偶々よ」

「偶々だ」

本当に偶々、奈緒と当真の否定の声がピッタリと重なった。お互いに顔を見合わせて、ぷいっとそれぞれ逆方向を向く。

「オマエラ、頑固だのう」

呆れたように赤月が首を振る。

泣くのを止めて、きょとんとしながらその様子を見ていた操が、楽しげな笑い声を立てた。

第四話　鵜《う》の真似をする烏

本郷が突然、奈緒の自宅へやって来た。

事前の連絡もなかったのに、政治家らしい人当たりの良さとくるくる廻る口車で、あっという間にばあやと女中たちを籠絡してしまった本郷は、奈緒が応接間に入った時にはすでに、彼女らから手厚いもてなしを受けて堂々とソファで寛いでいた。

この人が詐欺師《さぎし》か悪党だったらどうするのかしら、と奈緒は呆れたが、実際のところさしたる違いはないかもしれない。今日もピシリと背広を着こなして、上に立つ者としての風格を漂わせているが、笑みを含んできらきら輝く瞳は、どう見ても悪戯《いたずら》が成功して喜ぶやんちゃ坊主のそれだった。

「やあ奈緒くん、久しぶり。元気だったかい？」

「ええ、本当にお久しぶりですね。操ちゃんを預かってからご連絡もなく、様子を訊ねてこられることだって一度もありませんでしたものね」

快活に挨拶をする本郷に、目いっぱいのトゲを包んで返事をする。本郷ははっはっはと笑い飛ばしただけで、その皮肉をさらりと聞き流した。

改めて座り直し、ぐぐっと前のめりになる。

「当真から聞いたよ。奈緒くんはずいぶん活躍したそうじゃないか。さすが私が見込んで操を託した娘さんだけのことはある」

操を託したのは奈緒がその場に偶然居合わせたからで、決して「見込んだ」わけではないだろうに、本郷は手柄顔でそう言った。さすが政治家、面《つら》の皮が厚い。

「どうも大変だったらしいね。操は今、どうしているかな」

「わたしの部屋で、字の勉強をしています」

「おお、素晴らしい！　きちんと操のこの先のことも考えてくれているのだね。……お兄さんが怪我《けが》をしたとも聞いたが」

「大したことはありませんでしたので、ご心配なく」

あの時は狼狽えてしまったが、ばあやによると、浅く皮膚《ひふ》を掠ったくらいだったそうだ。縫うほどでもなかったらしく、それを聞いて奈緒もほっとした。

当然、何があったのかと何度も問われたが、「かまいたちが出たのよ」で押し通した。それで怖くなって操の手を引いて逃げたのだ、と。実際、あの場に刃物などなかったのだから、ばあやも医者もその説明で強引に納得させるしかなかった。

謎なのは、兄の慎一郎もこの件について沈黙を貫いていることだった。

誰に訊ねられても「知らない」の一点張りで、操についても奈緒についても何も言わなかったらしい。らしい、というのは、奈緒はあれ以降兄と顔を合わせていないので、ばあやからそう聞いただけだからだ。

どこかに身を寄せているのか自宅に帰らず、大学にも行っているのかどうか判らない。頭の固い人物だから、我が身に起きた怪異が容易には受け入れられず、しかし不安もあって自分たちを避けているのではないか、と奈緒は推測していた。

「うむ、それはよかった。見舞いの品を後ほど届けさせるよ。これについては、私にも責任がないとは言えないからね」

ここに赤月がいたら、「明らかにオマエの責任だ、バカタレ」とはっきり言ってくれるんだろうなあ、と奈緒は内心で思った。

「――それで、操のことなのだがね。うん、さっきも言ったが、あの子の『この先』に関してだ」

そう言われて、真顔になった奈緒も身を乗り出した。妖魔が封じられたことだしもう母親のところに戻そうか、と言われたら即座に反対しようと身構える。

「父親が引き取ることになったよ」

だから、本郷のその言葉が一瞬呑み込めなくて、おかしな間が空いた。

理解が追いついた途端、眉を吊り上げる。

「なんですって？」

「操の実の父親だ。政治家の――もう名前を言ってもいいかな、藤堂《とうどう》というんだがね」

「名前なんてどうだっていいです。父親って、婿養子で、恐妻家の、妾と子どもを作っておいて自分の保身しか考えず、娘が虐待されていても見て見ぬふりを続けていた、無責任で身勝手でろくでもない父親のことですか」

「ああ……うん、まあ、そうだね……」

「その父親が引き取るとは、どういうことなんでしょう。奥さまに知られたら困るから、今までずっと放置していたんじゃありませんでしたか」

「うん、要するにその細君に、すべてがバレたんだよ。妾のことも、その妾との間にできた子どものこともね。誰がご注進に及んだのかは知らないが」

本郷は意味ありげに口の端を上げた。

「それで細君は、夫を徹底的に締め上げて、洗いざらい吐かせたんだそうだ。それはもう尋問の手口が苛烈で容赦なく、いっそ高等警察に推挙したいくらいだったと――」

何を思い出したのか、今度は恐ろしげに身震いする。

「いや、それはともかく、一連の事情を聞いた細君は、藤堂に対して『妾が子を育てられないなら、この家に引き取ります』とぴしゃりと申し渡したわけだ。きちんと藤堂家の娘として、自分が責任もってしかるべき養育をする、とね」

奈緒は呆気にとられた。話に聞くだけでも、ずいぶん豪快で思いきりの良い女性のようだ。

「でも、それはそれで、一方的だわ」

「そうだね。しかし、彼女のような人がいなければ、物事が停滞したまま動かないというのも本当だ。それに、奈緒くんももう判っていると思うが、世の中には子どもを産むことはできても育てることには向いていない、という人間もいる。藤堂の妾は確実にそちらだ。彼女のもとに置いておいても、操は決して幸せになれないだろう。藤堂家なら衣食住に不足はなく、しっかりとした環境を与えられる。それに藤堂は、妾ときっちり手を切ったそうだよ。……実はこれは操には言えないが」

本郷は閉じられた扉をちらっと見てから、声をひそめた。

「細君が用意した大金を受け取って、妾は喜んで同意したらしい。藤堂と別れることも、操を手放すこともね。『せいせいした』と晴れやかな顔をしているのを見たら、さすがに藤堂も思うところがあったようで、今までの自分を顧《かえり》みて恥じたと言っていた」

奈緒はぎゅっと拳を握った。

もちろんそんなことを操に聞かせるつもりは毛頭ない。しかし、いずれ母が自分を捨てたことを知る時が来るかもしれない。そうしたら操はどんな気持ちになるだろう。

あんな女性でも、操にとってはただ一人の母親だったのに。

「お話は判りましたが、わたしは賛成できません。口ではどう言っていても、藤堂さんの奥さまにとって、操ちゃんはなさぬ仲の子ということでしょう? 普通そういう子に対して、好意的に接するのは難しいのではないですか。冷たく当たられるかもしれないし、意地悪されるかもしれないわ」

「いや奈緒くん、細君は人品卑《いや》しからぬ高潔な人物で、決してそんな――」

「人の感情なんて、理屈で制御できるものでしょうか。操ちゃんはこれまでだってさんざん苦しい思いをしてきたんですよ。藤堂家で肩身の狭い思いをして、またつらい目に遭ったりしたら……」

「ふむ、では、どうするのかな？　奈緒くんなら、操の将来についての責任が負える、と？」

反論を続けていた奈緒は、そう切り返されて口を閉じた。

本郷は少し困ったような顔で微笑んでいる。

「奈緒くんは操を可愛がってくれた。愛情も注いでくれた。確かにそれは素晴らしい。あの子が妖魔から解放されたのは、奈緒くんが手を取って引っ張り出してくれたからだと、当真も言っていたよ。――しかしね、だからといって、この先もずっと、奈緒くんがあの子を守り続けてやれるだろうか。血縁関係も何もない、赤の他人の君が？　それも、君はまだ十代の女学生で、この先に何があるか君自身にも判っていないのに？」

奈緒は一文字に唇を引き結んだ。

「……父にきちんと説明をして、操ちゃんをうちに引き取るようお願いするつもりでした」

「うん、深山家の養女に迎えるということかな？　まあ、この国はまだ杜撰《ずさん》なところが多いからね、子ども一人の身の振り方など、やろうと思えばどうとでもなる。……しかし、それは必ずしも操の幸福に繋がるとは限らないのではないかな。人の感情を理屈で制御するのは難しいとさっき奈緒くんは言ったが、この深山家においても、それと同様のことが言える。女中たちは、どこの誰とも判らない子どもを、これからずっとこの家の『お嬢さま』として大事に思えるだろうか。一悶着あったという兄さんは、すんなり養子縁組を認めるだろうか。娘の我儘《わがまま》を叶えたとして、さて父親は君がどこかに嫁いでいった後も、残った操のことを自分の子として扱えるだろうか」

本郷の口調は淡々としていた。だから奈緒はなおさら、自分の幼稚さと浅はかさを指摘されているような気になった。

今、目の前に座る人物は、「大人」として「子ども」を諭している。そして自分は、それに対して言い返せない。

下を向いてしまった奈緒に、本郷は目元を和らげた。

「——すぐに、というわけではないよ。操も君とは離れがたいだろうしね。心が決まったら、赤月に言付けてくれ。今日はこれで失礼する」

そう言って立ち上がったが、奈緒はそのまま動けなかった。

三日間、そればかり考え続けた。

迷っていたし、悩んでもいた。反発心も葛藤もあった。操の幸せとはどういうことかと何度も自問して、そのたび出てくる違う答えに振り回されもした。

操にこの件を話すのも気が進まなかった。操はこれを聞いてどう思うだろう。奈緒に裏切られたように感じるのではないか。捨てられると思ってまた心を閉じてしまうのではないか。

いっそこのまま知らん顔をして、父親に頼み込み、強引に事を進めてしまおうか——という誘惑に駆られたのも一度や二度ではない。

そうしてずっと煩悶していたが、やっぱり黙っていることはできない、という結論に至った。

選択肢があるのに、操にそれを知らせないまま自分が思うようにするというのは、奈緒までがあの子を人形のように扱うのと同じではないか、と気づいたからだ。

まずは操に、母親のこと以外は包み隠さず話そう。それからのことは、一緒に考えていけばいい。

そう決心して、奈緒はおそるおそる、操に話を切り出した。

操は黙ってそれを聞き、驚くことも嘆くこともなかった。「母親は事情ができて遠いところに行った」と苦し紛れの説明をした時でさえ、一つ頷いただけだった。

そして、どうする？　と遠慮がちに問いかけた奈緒に対して、ほとんど迷いもせずに返事をした。

「お父さんのところに行く」

すんなり出されたその答えに、奈緒は啞然とした。ひどい、と言われることは覚悟していたが、これはまったくの予想外だった。

やっぱり傷ついたのか、それとも怒っているのか、またはこの家がそんなに居づらかったのかと考えて、頭が混乱したまま涙ぐんでしまう。

操は不思議そうに首を傾げた。

「おねえちゃん、どうして泣いてるの？　どこか痛い？」

「だっ……だって、操ちゃん、藤堂のお家に行くの？　本当に？　あちらにはお父さまはいるかもしれないけど……」

父の妻も含め、操にとっては見知らぬ人ばかりがいる場所だ。大体その父親にしたって、一緒に住んだとしてもちっともあてにはならないのではないかと、奈緒は未だに疑っている。

「お父さんは、あんまり話しかけてくることはなかったけど、一度もあたしをぶったりしなかったよ。時々、お母さんの見ていないとこで、こっそり食べ物をくれたこともある。だからあたし、お父さんは怖くないよ」

操はそう言ったが、どれも大して父親を見直す材料にはならなかった。むしろ余計に腹立たしい。一番の元凶はその人物なのではないかと思えてくる。

「あたしね、もっとお勉強したいの。そうしたら、おねえちゃんともお手紙のやりとりができるでしょう？　いろんなことを知ることができたら、おねえちゃんに教えてあげられる。そうしていつか大きくなったら、今度はあたしがおねえちゃんを助けてあげることもできるよね？」

膝の上に手を揃え、ちんまりと座ってこちらを見返す操の目には、明るい光があった。自ら扉を開けて外に出たこの子どもは、奈緒が考えていたよりもずっと遠くに向かって足を踏み出そうとしているようだった。

「……寂しくないの？」

「寂しいけど、寂しくないよ。だっておねえちゃんは、あたしのことずっと覚えていてくれるでしょう？　いつもじゃなくても、時々、あたしのこと思い出して、今どうしてるかなって考えてくれるでしょう？　あたしもそうだよ。困った時や悲しい時は、おねえちゃんならどうするかな、なんて言うかなって考えて、おねえちゃんの手や声を思い出す。だから寂しくない。おねえちゃんは、ちゃんとあたしの『ここ』にいて」

小さな手が、自分の胸をぽんと叩く。

「ずっとそばで見ていてくれる。だから頑張れるよ」

そう言って、操はにこっと笑った。

奈緒はそれを聞いて我慢できなくなり、わっと泣き出してしまった。おねえちゃん元気出して、と逆に操に労られて大いに面目《めんぼく》を失ったが、それが頼もしいやら恥ずかしいやらで、その後もしばらく泣き続けた。

数日後、藤堂の家から迎えが来た。

藤堂家というのはかなり由緒のある家柄らしい。当主の名代《みょうだい》として訪れ、奈緒の家の玄関先で挨拶をしたのは白髪交じりの高齢男性だったが、非常に丁寧で礼儀正しい人物だった。

上等な背広をきっちりと着こなしているのに腰が低く、中折れ帽を取って頭を下げる仕草は洗練されている。普段からそういうことに慣れている立場なのだろう。

「わたくし、藤堂家の執事をしております」

と言われて、さもありなんと思う。

維新の前から藤堂家に仕え、奥さまが赤ん坊だった頃から成長を見守ってきたのだという。

彼にとっての操は、大事なその奥さまの婿が余所《よそ》の女性に生ませた子ども、ということになる。どんな感情を抱いて、どういう態度で接するのだろう。

不安に思いながら奈緒が操と引き合わせると、彼はその顔を見て「ほほう」と目を細め、頬を緩めた。

「不思議ですな。血の繋がりはないのに、奥さまの幼い頃に似ていらっしゃる。おお、利発そうな額だ。ともあれ、旦那さまにはあまり似ていなくてなにより。あの膨らんだご立派なお鼻は、つい視線がそこに向いてしまいますからなあ」

さりげなく当主の容貌をけなして、ニコニコする。

よほど奈緒が心配そうに眉を下げていたからか、彼はそのニコニコ顔を穏やかな微笑に変えた。

「本郷さまから伺っております。奥さまは公正なお方ですから、どうぞご安心ください。ご自分にも他人にも厳しいご性格ですが、理不尽なことは決してなさいません。操さまの今後につきましては、藤堂家が責任もってお引き受けいたします」

ここまで言われてしまっては、奈緒にはもう何も言うことはできない。「よろしくお願いいたします」と深く頭を下げた。

奈緒は操に、着物やら本やら遊び道具やら、思いつく限りのものをありったけ持たせたので、執事の男性はその荷物の多さに驚いたらしい。もう一台人力車が必要ですな、と慌てたように往来へ出ていった。

彼が戻ってきたらいよいよお別れだ。奈緒は膝を折り曲げて、操の顔を覗き込んだ。緊張はしているようだが、泣いてはいない。今にも泣きそうなのを必死にこらえているのは奈緒のほうである。その小さな身体を支えるように両腕を摑み、しっかりと目を合わせた。

「操ちゃん、よく聞いてね。もしも藤堂のお家でつらいことや悲しいことがあったら、いつでもここに戻っていらっしゃい。わたしもお手紙を出すわ。たくさん字が書けるようになったら、きっと返事をちょうだい。それに――」

そっと周囲を窺ってから、声をひそめる。

「……首元に赤い三日月模様のあるカラスに、時々様子を見に行ってもらうから、何かあったら伝言をしてね。ギャアという返事しかしないかもしれないけど、必ずわたしのところに届くから」

今は監獄にいる佐吉のもとに、こっそりと櫛を届けてくれたのも赤月である。本人は――いや、本カラスは「ワシを伝書鳩《でんしょばと》扱いしおって」と不満そうだったが、それでも佐吉が今も元気そうであること、真面目に服役していること、櫛を見て驚き、涙ぐんでいたことなどを教えてくれた。

こちらからの言葉は伝えられないが、あちらからの言葉は届く。佐吉も、「お嬢さんの守り役だな。あの時は乱暴して悪かった。お嬢さんにありがとうと伝えてくれ」と赤月に言ったそうだ。周りの受刑者たちは、カラスに向かって話しかける佐吉を見て気味悪がっていたらしいが。

そのことを思い出して、奈緒は急いで付け加えた。

「カラスにお喋りするのは、周りに誰もいないことを確認してからね」

操は黙ってそれらを聞いてから、こっくりと大きく頷いた。声を出すようになったとはいえ、長いこと封じ込めていたためか、普段からこの子どもの言葉は多くない。それについてもあちらでどう思われるかと、次から次へと新しい心配事が湧いてきて、ちっとも心が休まらなかった。

やがて執事の男性が戻ってきて、とうとう別れの時が来た。

ばあやと女中たちへの挨拶はもう済ませているから、見送りをするのは奈緒だけだ。男性は右手に大きな荷物を抱え、左手で操の手を握り、「それでは」と小さく頭を下げた。

彼に手を引かれ、後ろを向きながら歩いていた操は、洋館の門を出る時になって、

「おねえちゃん、またね！」

と大きな声で言って、手を振った。

それが「さようなら」ではないことに、ほんの少しだけ慰められる気持ちになり、奈緒はいつまでも手を振り続けた。


操がいなくなった洋館は、明かりが消えたようだった。

心にぽっかりと穴が開いて、奈緒はしばらく虚脱して過ごした。最低限、女学校には通っているが、それ以外に何もする気が起きない。この家で操と過ごしたのはほんの一月くらいのことだったのに、あちこちにあの子どもの名残りがあることに気づかされる日々だった。

操のために用意した手習いの本を見てはため息をつき、小さな茶碗と箸を棚から出しては鼻を啜り、未だに自分のベッドにある客用の枕に触れては肩を落とす。

奈緒が本当の妹のように操を可愛がっていたことを知るばあやは、同情しつつも、さすがに手をつけかねているようだった。

操が家を出てから少しして兄が帰ってきたが、避けられているのかほとんど接触がない。怪我をした時のことを蒸し返したり、皮肉や当てこすりを言ってくることもないの

で、正直なところホッとした。今はとてもではないが、兄とやり合う気力はない。

そうして塞いだままの状態が続いて、そろそろしっかりしなければと自分でも思い始めた頃、否応なく気持ちが引き締まる知らせがもたらされた。

父親が、東京に来るという。

来る、というのは適切な表現ではないのかもしれない。この洋館は父の深山英介が建てた、れっきとした彼の「家」である。とはいえ、帰る、というのもピンとこない。父はここで暮らしたことも、さらに言うなら寝起きしたことすら一度もないからだ。

横浜での仕事が片付いたら自分も行くから、おまえは先に東京の家で生活基盤を作っていなさいと父親に言われ、奈緒がこちらに移住してから、すでに三月という時間が経過していた。

「久しぶりだね、奈緒。元気にしていたかい」

その父親が到着するなり発した言葉がそれだったので、奈緒は苦笑した。

父から娘への挨拶にしては少々変わっているが、考えてみたら、横浜の家にいた時も自分たちの関係はこんな感じだった。

「ええ。お父さまこそ、お元気そうでなにより。あちらでのお仕事はすっかり片付いたのですか？」

「いや、すっかりというわけではないのだがね。とりあえず東京に顔を出せと春山《はるやま》にせっつかれて」

春山というのは、父が興した「深山商会《みやましようかい》」における古くからの部下であり、父の右腕でもある人物だ。父よりもずっと家族思いで人情にも篤い人なので、気を廻してくれたのだろう。あるいは、「放っておいたら社長は東京に家があることどころか、自分に子どもがいることさえ忘れてしまうのではないか」と危惧したのかもしれない。

深山英介は、決して非情な人ではない。穏やかで、道理を弁《わきま》えており、感情的になることもない。子どもに対して愛情がないというわけでもない。

ただ、彼の最優先事項はあくまで仕事、ということなのだと奈緒は思っている。おそらく父の関心と時間は大部分がそちらにつぎ込まれていて、余剰分がほとんどないのではないか。そうでなければ、一代で自分の商会をここまで大きくすることはできなかっただろう。

その努力と情熱によって、今の恵まれた暮らしがあるのだ。恩恵を受けている身である奈緒が、父に対する文句など言えるはずがなかった。

夜になると、張りきったばあやの采配によって、父と奈緒と慎一郎の三人が囲むテーブルに豪華な夕食が並んだ。

普段は和食が中心の食卓は、父がいる時は完全に洋食になる。常に三つ揃いでバリバリ仕事をこなす父親は、普段から家の中でも着物に袖を通すことはない。

若い頃から異国人相手に商売をしてきたので、彼らの日本人に向ける冷笑と蔑視《べっし》への対抗心が身に沁みついてしまっているのだという。日本文化に対する敬意と誇りはもちろんあるが、それはそれとして、まずは相手と同じ土俵に立たないと話もできない、と以前奈緒に言っていたことがある。

「自分のことばかり喋っている人間から、何かを買おうと思うかい？　相手の気持ちに寄り添って、何が欲しいか、何が必要なのかを知ることが商売の第一歩だよ。これは人間関係すべてにおいて言えることだから、奈緒も覚えておきなさい。たとえ馬鹿にされても、怒鳴られても、そこにこそ本音が滲んでいることもある。だから奈緒は、相手と同じように笑ったり怒ったりしてはいけない。きちんと耳を傾けていれば、拒絶すべきところと掬《すく》い上げるべきところが、おのずと見えてくるよ」

などということを、真面目な顔で語っていたものだ。よくよく考えてみたら、その当時まだ十歳かそこらだった奈緒に理解できたはずもないのだが。

子ども相手でも適当なことを言ったりはしない。だがしかし、子どもを相手にすることには圧倒的に向いていない。父というのは要するに、そういう人なのだった。

さすがに今は父の教えも判るようになってはきたが、だからといって、その意向に沿って奈緒も洋装に、というわけにはいかない。

男性と違い、女性の洋装化はまだほとんど進んでいないのだ。鹿鳴館《ろくめいかん》時代はあっという間に終わりを告げ、仕立てるだけで高価なドレスは一般にはまったく普及しなかった。もっと簡単に着られて軽い洋装があれば、奈緒も喜んで着物からそちらに乗り換えたいと思っているので、残念極まりない。

　とりあえず振袖を着たものの、この恰好で慣れないナイフとフォークを扱うのはいささか厄介だった。そちらに意識が向くので、どうしても会話のほうはおざなりになってしまう。

　父がいるため逃げることもできなかったのか、同席した兄も黙々と料理を口に運んでいる。彼の視線は目の前の皿にのみ向かっていて、奈緒にも父にも向けられることはなかった。

　重苦しい空気の中、おもに話しているのは父ばかりである。料理を褒《ほ》め、ばあやと女中たちを労い、横浜でのことを一通り喋ってしまうと、さすがに話の種も尽きてきたのか、「そうそう」と思い出したように奈緒のほうを向いた。

「最近、この家で子どもを預かったそうだね？　いや、本郷氏から丁重な手紙とお礼の品が届いてね。そんなことになっていたのかと驚いたんだが」

　本郷が父親に手紙を出していたことと、いつの間にか深山家のことを調べられていたことに奈緒は驚いたが、近くで控えていたばあやも別のことに驚いたらしかった。

「まあ、旦那さま。私のほうからも、それについてはきちんとお手紙でお伝えしたはずですよ」

「ああ、うん、そうか、そうだったそうだった」

　ばあやからの手紙などろくすっぽ見ていなかったか、見てもすぐに頭から放り出していたのだろう父親は、曖昧に笑って誤魔化した。

「しっかりしていて、素晴らしい性質の娘さんをお持ちだと、奈緒のことを褒め上げていたよ。本郷氏はずいぶん、おまえのことを気に入っているようだ」

「そうですか」

本郷は善意と打算の境界がよく判らない人物なので、また何かを押しつけてくる気なのではという警戒心のほうが先に立ち、奈緒の返事は素っ気ない。

「本郷功といえば、政界でもよく名が知られている人物だ。奈緒はどうしてまた、そんな人と知り合ったんだい?」

そのもっともな疑問に、奈緒は「いえ、ちょっとした偶然で」と言葉を濁した。妖魔関連で知り合った、とは言えない。

しかし幸いにして、それ以上の詳細は特に訊ねられることはなかった。安心すると同時に、少し寒々しい気分になる。

父の口からは、「預けられた子ども」についての問いは出てこない。どんな子で、どういう事情があったのかということも。父にとって、操はあくまで深山家とは無関係の子でしかなく、本郷との伝手を手に入れたということのほうがよほど重要なのだ。

……だとしたら、やっぱり本郷の判断は正しかったということなのだろう。

目を伏せかけた時、ガチャン、という音がした。そちらを見ると、兄が青い顔で「失礼」と皿に落としたフォークを拾い上げていた。もう一度握り直した指先が、小さく震えている。

　父がその音でようやく兄に気づいたように、目を向けた。

「慎一郎、学校のほうはどうかね」

「……問題ありません」

　抑えつけたような低い声で兄が答える。

　父はその言葉の真偽を確認することも、咎《とが》めたり叱ったりすることもなかったが、息子にかける声音には峻厳《しゅんげん》さが宿っていた。

「おまえはもう大人なのだから、そんなにうるさいことは言わないつもりだ。しかし、そろそろ自覚を持って行動してほしいと思っている。おまえはこの深山家の跡継ぎだ。大学を卒業したら、すぐにでも私の仕事を手伝ってもらわねばならない。これから覚えていくことが山ほどあるのだからね」

「はい……」

　言葉少なに返事をする兄の目は暗かった。

　幼い頃の慎一郎は、父親の仕事を継げることを純粋に喜んでいたはずだ。一代で財を成した深山英介という人間を尊敬し、貿易でどんどん異国の文化を日本に取り入れるのだという夢も抱いていた。

　そのための努力も欠かさなかったし、昔の兄は確かに「よくできた子どもだ」と周囲の評価も高かった。深山商会の将来も安泰だなと言われて、誇らしげに胸を張っていたものだ。

当時の慎一郎は、なんでも父親の真似をしたがっていた。話し方も、態度も、ちょっとした仕草さえ、父と同じように振る舞った。子どもだからそのどれもが滑稽に見えても、本人はひどく満足そうだった。それほどまでに、父親に心酔していたのだ。

――いつから、こんなにも変わってしまったのか。

「先に婚約者を決めておいたほうが、おまえも落ち着くだろうかね。実はもうすでに何件か、私のもとに話が来ているのだが」

慎一郎は無言だったが、父のその言葉に、奈緒のほうがぞっとした。

他人事ではない。もしも兄の縁談がまとまろうものなら、「では次は奈緒に」ということになりそうだ。雪乃の家のように、奈緒が嫌がる相手を無理やり決めることはないと思うが、だからといって理由もなく断ることを許すほど甘くもないだろう。

悪い人ではないのだ。しかし、普段は放置している息子と娘でも、その将来を決めるのは親の責任だと信じているところは、雪乃の両親とさほど変わりはなかった。

それが、今の世の中のあり方なのだから。

いつもよりも味の濃い料理をなんとか胃の腑《ふ》に収め、自室に戻った時には、奈緒はぐったりと疲れきっていた。

父親はそれから東京の家で過ごすようになった。

ただ、あまりじっとしていなかったので、一つ屋根の下で暮らしていながら顔を合わせることが少ないのは慎一郎と同様だった。どうやら東京に来たのは、部下に苦言を呈されたから、という理由とはまた別に、こちらでやるべき仕事がたくさんあったから、というのもあるらしい。

おそらくまた近いうち、横浜に戻るのだろう。東京にもっと進出したいと考えているとはいえ、やはり未だ拠点はあちらなのだ。

だからなのか、滞在している間、父は可能な限り子らと一緒に食事をしたがったし、奈緒たちにも言外にそれを要求した。そうなると、父親の都合や時間に合わせねばならないことも多く、こちらの予定が狂うこともたびたびだった。

父の目があるから兄も真面目に大学に通っているが、その表情は日に日に沈鬱なものになっていく。家族三人で囲む食卓はギスギスしていてお世辞にも団欒《だんらん》と呼べるようなものではなく、双方に気を遣う奈緒の神経はすり減る一方だ。

「はあ……」

父親が来てから十日が経ったその日の午後、奈緒は家の中から庭へと避難して、深いため息をついていた。

今日は朝から父親が在宅しており、そうすると「身を慎むように」と釘を刺されている兄も出かけられず、女学校が休みの奈緒を含めた三人全員が家にいる。

はっきり言って、まったく嬉しくない。昔から多忙な父親との関係が希薄だった奈緒は、ばあやが時々合いの手を入れてくれなければ親子での会話の間がもたないくらいだし、ここ最近の兄は目に見えてピリピリした空気を放っているからだ。

「息が詰まりそう……胃が痛い」

思わず弱音を吐いた時、バサッと風を切る音が聞こえた。

「ナオ、元気か？」

黒い羽が目の前を横切り、肩にずしっとした重みがかかる。奈緒は目を丸くしてから、顔を綻《ほころ》ばせた。

「赤月！　久しぶりね」

父がいつ家にいるか判らないので、ここしばらく赤月には出入りを遠慮してもらっていたのだ。日数的にはそれほど「久しぶり」というわけではなかったが、本当に久しぶりに、奈緒は嬉しい気持ちになった。

「女学校の行き帰りにはあやしの森の前を通るのだから、声をかけてくれてもよかったのに。わたし、赤月に返さなきゃならないものがあったのよ」

「ちと所用で遠出をしておっての。昨日森の近くでナオを見かけたので、声をかけようとしたのだが、なんだか思い詰めたような暗ーい顔をしておってのう」

「そ、そうかしら」

いつの間にか、兄の陰気さが伝染していたらしい。

「それで会いに来てくれたの？」

「それもあるが、今日のワシのおもな役目は付き添いだ」

「付き添い？　誰の……」

と言いかけてはっとした。

赤月が奈緒のところまで誰かを案内してくるとしたら、その人間はごく限られる。本郷は自分で勝手に来るだろうから、他に考えられるのは……

「操ちゃん？　操ちゃんを連れてきたの？　もしかして藤堂のお家で何かあったんじゃないでしょうね？」

口を動かすと同時に、足のほうも動いていた。頭の中にはすでに、奈緒に助けを求めに来た操の泣き顔が浮かんでいる。気が急くあまり、「いや……」という赤月の声も耳に入らなかった。

整然と配置された植木の間を突っ切り、色鮮やかに咲く花々の脇を抜けて、奈緒は足早に門へと向かった。凝った意匠のそれに手をかけて、ぱっと顔を外に出し、自分を待っているであろう子どもの名前を呼ぶ。

「操ちゃ――」

そこで舌が止まった。目を見開く。

その場にいるのは、操ではなかった。

所在なげに塀に身をもたれさせ、ズボンのポケットに手を突っ込んで空を見上げて立っているのは、一人の青年だった。

「と……当真？」

驚きすぎて、その事実を受け止めるのに少し時間がかかった。なぜこんなところに、当真が立っているのだ。いや、これは本当に本物なのか？

当真が自分の家の前にいるという光景が、ひどく現実離れしたものに感じられる。

「ど、どうしたの？」

「どうもしない。ちょっと近くを通りかかっただけだ。そうしたら赤月が、寄っていけとうるさいから」

この不愛想な顔つきと、最低限の説明で済ませようとするところは、間違いなく当真である。バサバサと飛んできた赤月が彼の肩の上に止まって、さらに「いつもどおり」の姿になった。なるほど、本物だ。

「大丈夫なの？」

「何が」

「わたし、当真は妖魔退治の時以外『あやしの森』から離れられないものだと思っていたわ」

「そんなわけないだろ。俺だって普段、出歩くくらいはする」

「出歩いて……何するの？」

「森の外に出たら悪いのか。買い物しなけりゃ何を食うんだよ」

「えっ、買い物もするの？　普通の人みたいに？」

「おまえは俺をなんだと思っているんだ」

当真はますます仏頂面《ぶっちょうづら》になったが、森の外で見るとそういう表情ですら普通の青年っぽく見える。戸惑いと驚きと感嘆で、奈緒は口を丸く開けた。

が、次の瞬間、

「奈緒、誰か来たのかね」

という声が玄関のほうから聞こえて、全身が硬直した。

「お、お父さまだわ！　どうしましょう」

「どうしましょうって、何が」

おろおろと慌てる奈緒を見て、当真が怪訝そうに首を傾げる。何を呑気なことを言っているのだと、背中を突き飛ばしてやりたくなった。

「だってここにいたら、見つかってしまうわよ！」

「見つかったら何か問題でも？　おまえの父親は、娘が男と立ち話をするだけで怒るほど、時代錯誤な考えの持ち主なのか」

「なに言ってるのよ！　だって当真は人に見られたらまずいんじゃないの⁉」

「なんでだよ」

「きゃあっ、お父さまがこちらに来るわ！　どこか身を隠す場所はないかしら⁉」

「落ち着け。なんだか間男《まおとこ》になった気分になる」

逃げるでも隠れるでもなく、当真はすっかり呆れた顔をしている。

そうしているうちに、父親が門前で揉めている二人のところまで来てしまった。

奈緒はその場で凍りついたが、当真のほうはしれっとした態度で、父に向けて軽く頭を下げた。

「お客さんかい？」

「こんにちは」

堂々と挨拶をする姿に、奈緒は泡を吹いて倒れそうだ。

「君は……」

父親は当真を見て足を止め、その肩にいるカラスを見て大きく目を見開いた。

「暁月当真といいます」

名前まで名乗っている。いいのか。

「暁月……」

「お嬢さんとはちょっとした知り合いで」

お……お嬢さん？

「今日は偶然ここを通ったものですから、ご挨拶を」

「ふむ、そうなのかね、奈緒」

父に問われて、青くなったり赤くなったりして失神寸前だった奈緒はなんとか意識を取り戻した。

今になって気づいてみれば、当真の背中に括りつけられているのは竹刀袋だった。これなら、剣道道場からの帰りに見える。少なくとも、中に入っているのが黒鞘の日本刀だと思う人はいないだろう。

「え、ええ、そうなの。以前、危ないところを助けていただいて」

内心はヒヤヒヤだが、嘘ではない。着物の下が汗びっしょりなのを気づかせまいと、奈緒はいつもの三割増しくらいの笑顔になった。

それをどう解釈したのか、父が「ほう」と呟いて当真をじっと見つめた。どういう意味の「ほう」なのか、それどころではない奈緒にはさっぱりだ。

「では、中に入ってもらってはどうかね。こんなところではなく、きちんとお礼をすべきだろう」

とんでもない提案をされて、飛び上がりそうになる。

当真と知り合った経緯について、あれこれ訊ねられたら説明のしようがない。考えてみたら奈緒は、雪乃の件にしろ佐吉の件にしろ、とてもではないが親には話せない秘密をたくさん抱え込んでいるのだった。

「お、お父さま、と……暁月さんは何かとお忙しい方だから」

焦りながらそう言って、ちらっと家の玄関のほうに目をやった奈緒は、今度こそ悲鳴を上げたくなった。様子を見にきたのか、それとも単に外の空気を吸おうとしていたのか、兄の慎一郎が扉を開けて出てきたのだ。

どうしてこう、次から次へと！

慎一郎は奈緒と父の姿を認めると両眉を中央に寄せたが、さらに当真を見て、ぎょっとしたように目を剝いた。

いや、当真というより、肩の上の赤月に驚いたのだろう。慎一郎の顔と視線には、不吉と言われる黒い鳥に対する露骨な不快感と嫌悪が含まれている。その点、ほとんど表情を変えることも言葉に出すこともなかった父親は、やはり人生経験を積んでいるのだなと思わされた。

しかしこの分では、あの兄が当真にどんな無礼なことを言うか判ったものではない。

奈緒は大慌てで「あ、あの！」と大きな声を出した。

「いきなりお招きしては、暁月さんにかえってお気を遣わせてしまうわ！　だからそれはまた後日に改めて！　ねっ、暁月さん！　まあそうですの、もうお帰りに⁉　残念だわ、でしたらわたし、途中まで送って差し上げます！」

一気に喋りながら、有無を言わさず力ずくで当真の背中を押しやる。残念なわりに少々乱暴なやり方だが、この際もう手段は選んでいられない。

当真は奈緒にぐいぐいと押されるがまま、反論も抵抗もしなかったが、「……ふ」と吐息のような小さな声を漏らした。後ろ姿なので、彼がどんな表情をしているのかは判らない。

——もしかして今、笑った？

「そうかね？　まあ……そうだな、もっときちんと時間を取って、落ち着いて話をしたほうがいいか」

父が独り言のようにそう言うのを聞いて、背中が冷える。落ち着いてどんな話をするつもりなのだろう。

「では奈緒、手ぶらでお帰りいただくわけにはいかないから、せめて何か手土産をお渡ししなさい。大通りに出て、暁月さんのお好きなものを選んでもらうといい」

手渡された巾着は、父がいつも持ち歩いている小銭入れだった。小銭といっても、それなりにどっしりとした重みがある。

「こちらに来てから、食事くらいしか一緒にできなかったからね。ついでにおまえも自由に買い物をしてきなさい。……楽しんでおいで」

その微笑を見て、もしかしたら父は父で、自分の子どもたちに対する罪悪感があったのではないか——と奈緒は思った。


「ふう……疲れた」

ようやく奈緒が息をつけたのは、家から完全に離れ、大通りに出てからだ。それまでは、もしや兄が追ってくるのではないかと、生きた心地がしなかった。

「何もそう必死にならなくてもいいだろう」

こちらの気も知らずに、当真は平然とした顔をしている。この人が慌てたり驚いたりするところを見てみたいわ、と奈緒は憎たらしくなった。

「だって、友人が妖魔に憑かれた時が初対面、なんて話すわけにはいかないじゃない。下手をしたら、正気を疑われて大騒ぎよ。かといって、一から十まで作り話を思いつく才能なんて、わたしにはないし」

「そうじゃなく、おまえの父親はたぶん……」

当真はそこで思い直したように口を噤み、何かを考えてから「……まあいいか」と呟いた。

どうしてそう落ち着いていられるのだろう。大体、さっきのあの礼儀正しい態度はなんだ。普段の奈緒に対するものとまったく違うではないか。いや、あそこで普段どおり振る舞われても、もっと困ったことになっていたと思うが。

——当真が、「お嬢さん」だって。

「……ふふっ」

怒るよりも、呆れるよりも、自分の慌てふためきようを含めて、すべてが可笑しくなってきた。笑い出した奈緒をちらっと見て、当真がまたすぐに前を向く。

「ナオと父親の間には、少々距離があるように見えるの」

今まで普通のカラスのふりをして黙っていた赤月が、こちらを覗き込んでくる。鳥にさえすぐに見抜かれてしまうくらい、自分たち親子はぎくしゃくしているらしい。

「それはしょうがないわ。小さい頃からずっとお父さまはお仕事が忙しくて、あまり家にいなかったんですもの」

「母親は？」

「わたしが三歳の時に亡くなったわ。申し訳ないけれど、お母さまの記憶はほとんどないの。お兄さまのお顔を見て、確かこんな感じだったと思うくらいで」

母親のほうは、あんな風に忌々しそうな目で奈緒を見なかっただろうと思うが。

「それは寂しかったのう」

赤月がしみじみと言うので、奈緒はちょっと笑って「大丈夫よ」と返した。

いつものことだ。そう言えば、みんな安心することを知っている。大丈夫、と笑ってさえいれば、周りの人たちは、そうかやっぱり強いね、しっかりしているねと納得するのだから。

「……で、どうするんだ？　これから」

当真に訊ねられ、は？　と問い返した。

「どうするって？」

「おまえがここまで俺を連れてきたんだろ」

そう言われて気がついた。奈緒は特に目的があったわけではないのだが、父親に言われたことが頭にあったためか、無意識に大通りへ向かっていたのだ。今自分たちがいるところは、かなり通行人が多くなってざわざわしている。

「そ、そうね……当真、何か欲しいものはある？　ここなら、大体のお店が揃っていると思うけど」

「欲しいものがあれば自分で買うからいい」

「でもお父さまからお金も頂いてしまったし……あ、じゃあ、お菓子はどう？　この間のワッフルはもう少し遠い場所にあるお店だから無理だけど、和菓子屋ならあるわ」

考えてみればそのワッフルは謝罪と礼を述べるために持参したものだったはずだが、はて、自分は当真にごめんなさいと謝ったり、助けてくれてありがとうと言ったりしただろうか、と奈緒は首を捻《ひね》った。

「あの、今さらだけど――」

「自分の買い物もしてこいと言われていただろ。おまえは欲しいものはないのか」

改めて切り出そうとしたら、当真に遮るように言われてしまった。

「わたし？　そうね……そういえば、雪乃さんに贈るリボンを買おうとしていたのよね……」

佐吉が人の財布を盗るところを目撃してしまったので、結局買えなかったのだ。

入り用だった筆はあの後で手に入れたが、リボンのほうは人にあげるものだから、もう少し楽しい気持ちの時にしようと思って、それっきりになっていた。

「どこに売ってるんだ？」

「え？　ええと……もっと先にある……」

「じゃあ行くぞ」

そう言って、当真がすたすたと歩き出したので、奈緒は目をぱちくりさせた。

「当真、もしかして一緒に行ってくれるの？」

「どうせ暇だからな」

「暇なの？」

妖魔を退治する当真が忙しくても、それはそれで問題なのかもしれないが。

いや、そもそも、当真は普段、何をして過ごし、どんな生活をしているのだろう。

今まで、どう生きてきたのだろう。

奈緒はこれまで、一度もそれを考えたことがなかった。今になって様々な疑問が押し寄せてきて、混乱してしまう。

そして思い知った。

……自分は、この人のことを何も知らない。

ずるくはないだろうか。本郷もそうだが、赤月だっていつの間にか奈緒の家の場所を知っていて、それ以外の情報まで握っているようなのに、奈緒は当真について知っていることはほとんどない。かろうじて知っているのは、妖魔を封じられるということと、甘いものが好きということくらいだ。

「じゃあ、付き合ってもらえるかしら。西洋小間物のお店よ」

どうせなら、この機会に少しでも当真のことを知っておこう。これではあまりに不公平で、ちょっと悔しい。

「ナオ」

当真の肩に乗っていた赤月が奈緒の肩の上に移動して、こっそりと耳打ちした。

「……ミサオがいなくなってから、ずっと落ち込んでいただろう。トーマはそれでナオの様子を見に来たのだぞ」

また嘘ばっかり、と思ったが、その内心とは裏腹に、奈緒の頬はぱっと赤くなった。

「西洋小間物卸商」という看板を掲げた店は、欧米系の装身具を取り扱っており、女性物はリボンや襟飾り、男性物はボタンやカフス、帽子などを販売している。

こういったものは横浜経由で大量に輸入されて、店に卸される。異国からそれらを取り寄せる仕事をしているのが、奈緒の父親のような貿易商だ。奈緒にとって西洋のものは馴染み深いが、一般の人々にはまだ大いに珍しがられていて人気があり、新しい店がどんどん増えてきていた。

屋号を染め抜いた暖簾《のれん》の代わりに板ガラスが嵌《は》め込まれたその店は、半分が畳敷きだが、もう半分は土足で店内を見て廻れるようになっている。今はまだあまりないが、いずれ多くの店が履物のまま商品を見られるようになるだろう。

当真はこういうところに入ったことがないらしく、ガラス張りのショーケースをしげしげと眺めていた。赤月はさすがに一緒に入れないので、店の屋根の上で待ってもらっている。

ずらりと並んだリボンを見比べてどれにしようかと迷っていた奈緒は、その近くに置かれているものを見つけて、あら、と意外に思った。

組紐《くみひも》だ。

武士が刀を腰に差していた時代、おもに下げ緒という武具の飾りとして使われていた組紐は、廃刀令《はいとうれい》によってその需要がなくなった。今では、羽織紐や帯締めなどの和装品として使われることがほとんどである。

しかしどちらにしろ、西洋小物とは関係ない。

「いえ、それが近頃じゃ、組紐の使い方も多岐に渡るようになってきまして」

店員が苦笑しながら説明したところによると、最近は組紐を自由に工夫して楽しむ人が多いのだという。小物につけたり、袋の結び紐にしたり、髪を結うために使ったりと用途は様々らしい。

客の中には西洋小物と合わせたいと思う人もいて、店主はさほど場所をとるものでもないからと、彼らの要望に応える形で組紐を置くことにしたのだそうだ。

「それも判るわ。綺麗だもの」

こうして見ると、組紐もまた色とりどりで美しく、決して西洋の品物に劣らない。日本人としての矜持《きょうじ》が、異国のものをこの優美な紐で彩ったらどんなにか――と思わせるのだろう。

その組紐の中に、特に奈緒の目を引くものがあった。

赤と黒の糸を交互に組んだ平打ち紐だ。濃い色の組み合わせは単純だがはっきりしていて、それゆえに印象深いものがある。きりっと鮮やかな赤と黒は、互いが互いを引き立てていて、派手すぎず渋すぎず、凜々しくも上品な調和をもたらしていた。

……なんとなく、赤月みたいだわ。

首元に赤い三日月模様のあるカラスを思い浮かべ、奈緒はそう思った。

さっきから石油ランプを見ている当真は、こちらに背中を向けている。それを確認してから、「……これ、お願いします」と声をひそめてリボンと一緒に組紐を店員に渡した。

二つの小さな包みをそっと着物の袂に入れる。

「買えたのか？」

「ええ、ありがとう。良いものを見つけたわ」

小間物店を出ると、当真が「腹が減った」と言うので、団子屋に寄ることにした。

こちらの店は昔ながらの趣で、狭い間口の店舗の前に、緋毛氈《ひもうせん》を敷いた縁台が据えてある。

奈緒と当真はそこに腰掛けて団子を注文した。もう隠すつもりはないのか、当真は最初から自分用に三皿頼んでいた。しかも全部餡《あん》団子だ。餡と焼き団子を一串ずつ頼んだ奈緒は、見るだけで胸焼けしそうだった。

ちなみにお代は、奈緒が出す前に当真がさっさと全額払ってしまった。ほとんど俺のだからと彼は言ったが、奢《おご》られる形になった奈緒は困惑しきりである。どんどん当初の目的から遠ざかっている気がしてならない。

しかしお茶を飲んで一息つくと、奈緒もようやくゆったりと落ち着いた気分になった。思い返せば、このところずっと精神が消耗することが続いていたのだ。自覚していた以上に、疲労が重なっていたのかもしれない。

座っている自分たちの前を、うらうらとした陽射しを浴びながら、数多の人々が行き交っている。

のんびりと歩いている人、忙しなく駆けていく人。老人に子ども、若い男性、中年の女性。話し声と人力車が通るガラガラという音が混じって賑やかだが、平穏で平和な眺めでもあった。

「……こうしていると、妖魔なんて遠い世界のお話みたいねえ」

ぽつりと呟くと、あっという間に三皿分の団子を平らげてしまった当真が「そうでもないぞ」と言った。

「あそこ、見てみな」

彼が串の先で示す場所に、目を向けてみる。

通りを挟んで向かいにあるのは書籍を売る店だった。瓦屋根の上には店名の入った大きな看板がかけられて、軒先には新着本の題名が書かれた下げ札が並んでいる。店内にはたくさんの書籍が表紙を見せるように並べられていた。

「あの店がどうか……」

「置き看板があるだろう」

その店と隣の店との隙間に、四角柱の置き看板が設置されている。こちらからは「古今書籍」と書かれた面しか見えない。

「影をよく見ろ」

当真に言われて、奈緒は目を眇めてじっと置き看板の影を見た。

……上に何かいる。いや、あの耳、あの尻尾、あの座り方、「何か」ではない。猫だ。

「えっ、猫?」

つい声を上げてしまった。

地面には、看板の上にちょこんと座る猫の影が確かに映っている。しかし、実際の看板に猫はいない。そもそも置き看板は中が空洞で、蓋もないのだから、何かが乗れるはずがないのだ。

実体はないが、影だけがある。

「あれ……妖魔なの?」

「そうだ」

「猫の妖魔もいるの?」

「妖魔に決まった形はない。つまり、どんな形にもなれる。あいつはただ単に、猫の姿が気に入ってるんだろ」

「ふ、封じなくていいの?」

「あれはほとんど害のない小物だ。人に取り憑くような力もない。せいぜい、犬や猫にちょっかいを出して、怒りっぽくさせるくらいだな。あんなのまでいちいち封じて廻っていたら、こちらの身がもたない」

奈緒は目を真ん丸にした。だとすると、封じる必要のない「小物」を含めれば、他にも多くの妖魔がこの町の影の中にひっそりと隠れている、ということだろうか。

「……誰も気づいていないわ」

置き看板の前を通り過ぎる人はたくさんいたが、その不可解な影に気づく人は誰もいなかった。そこにあるはずもない猫の影が、尻尾まで振っているにもかかわらず。

いや、前だけ見て歩く人々は目線を下に向けることなどないのだから、それも当然なのかもしれない。奈緒だって当真に言われなければ、まったく気づかなかった。自分の視界には入っていたのに。

猫妖魔も、奈緒と当真に見られているとは思ってもいないのか、すっかり寛いでいるようだ。まるで本物の猫のように伸びをして、せっせと毛繕《けづくろ》いまでしている。よほど猫になりきっているのか、あるいはあの姿を楽しんでいるのだろう。

「……可愛い」

不覚にもその愛らしい仕草に胸が高鳴ってしまい、奈緒は口に手を当てた。妖魔と判っていても、影だけ見ていれば、普通の仔猫がいるようにしか思えない。

「可愛い……？」

当真は不得要領な顔をしている。奈緒から猫妖魔へと視線を移し、黙って何かを考えた後で、縁台から立ち上がった。手招きされて、奈緒も腰を上げる。

通りを横切り、二人で書店に向かった。歩きながら、当真がおもむろに肩にかけていた竹刀袋を外し、右手に持つ。置き看板のすぐ前に来たところで、その袋を持ち上げ、どん！　と勢いよく先端で地面を突いた。

完全に油断していた猫妖魔は驚いてすぐ逃げようとしたが、刀が入った袋の先を押しつけられ、その場から動けなくなった。影なのに毛を逆立てて、四肢をばたつかせて暴れている。

「仔猫を苛めたらだめよ、当真」

「だからこいつは妖魔だと言って……」

不服そうな顔をした当真の反論に被せるように、暴れるのをやめた妖魔が「ぎゃう」と弱々しく鳴いた。声も出せるらしい。しかもそこまで猫そっくりだ。

「同情を引こうとしてやがる……妖魔に甘い顔をしたら付け込まれるぞ」

「人に憑く力はないんでしょう？　だったらわざわざこんなことしなくても」

その言葉に同意するように、もう一度猫妖魔が「ぎゃう」と鳴いた。精一杯首を伸ばし、奈緒の足元にすり寄るように近づける。

当真がその様子を観察して、思案顔でぶつぶつ呟いた。

「格下とはいえ、人に馴れる妖魔は珍しいな……奈緒のことが気に入ったか」

それから、奈緒のほうを向いて口を開いた。

「奈緒、こいつに名前をつけろ」

突然の指示に、えっ、とぽかんとしてしまう。「名前だ、なんでもいい」と急かすように再び言われて、えええ、と焦った。

名前？　この猫妖魔に？　どうして名前？　いやそれよりも妖魔にどんな名前をつければいい？　見た目は黒猫だが、だからといって「クロ」と名づけるのはあまりに安直すぎる気がするし、当真にも馬鹿にされそうだ。しかし他のものが思いつかない。黒猫……黒……何か黒いもの……

「くっ、『黒豆《くろまめ》』！」

咄嗟に口から出してしまってから、あ、と思ったが遅かった。

当真はきょとんと目を瞬いて、ぶはっと思いきり噴き出した。

「黒豆って……なんだおまえ、そんなに腹が減ってるのか。さっき団子を食ったばかりなのに」

肩を揺らして笑っている。当真が笑うところをはじめて目の当たりにして、奈緒は驚きと動揺と羞恥で、顔を真っ赤に染めた。

——なんだ、ちゃんと笑うこともあるのね。

なぜだろう、すごくどぎまぎする。当真の顔から目が離せないのに、すぐさまここから逃げ出したいような、おかしな気持ちになった。

「だって……いきなり言うから」

餡団子三皿の衝撃が頭に残っていて、小豆、黒豆、という連想になったのではないかと思うが、当真本人は自分のせいだとは欠片も考えていないらしい。

「まあいい、黒豆だな。妖魔『黒豆』、名づけ親のもとへ行け」

口元にまだ少しだけ笑いの余韻を残したまま、当真がそう命じて、妖魔を押さえつけていた袋を持ち上げる。

「ぎゃう」と返事をしたかと思ったら、猫妖魔の影がするりと動いて、置き看板の上から奈緒の足元の影の中へ、さっと滑り込むように入った。

「えっ、なに？」

奈緒は慌てたが、すぐに猫の形をした影が、左肩からぴょこっと現れた。影だけを見れば、肩の上に猫が乗っているようだ。

ぎゃう、という声が今度は耳元で聞こえた。

「簡単に言えば、名をつけたことで、おまえはその妖魔を自分の支配下に置いたということだ。これができるのは、ごく力のない小物に限るけどな。……まあ、なにしろ無害なやつだし、影の中にいるだけで、特に何かをすることはない。妖魔は同じ妖魔の気配には敏感だから、傍にいれば役に立つことがあるかもしれないという程度だ」

「そ、そうなの……」

猫の姿をしているからか、不思議と、怖いとか気味が悪いとかの感情はなかった。今も肩の上の「黒豆」は大人しく座っている。手を肩の近くで動かしてみたら、揺れる指の影にじゃれるように、ちょいちょいと前脚を出した。

やだ、可愛い……！

「そいつがいれば、多少は気がまぎれるだろ」

素っ気なく付け加えられたその言葉に、奈緒はびっくりして顔を上げた。

……もしかして、「奈緒が落ち込んでいたから様子を見に来た」という赤月の言葉は、本当のことだったのだろうか。

なんだかまた頰が火照《ほて》ってきた。

「当真……」

「ヤヤ、トーマ！　コヤツは猫の姿をしているではないか！　ワシは猫が大嫌いだ！　ナオ、従属を解け！　気に入らん！」

バサッと音を立てて当真の肩に降り立った赤月が、黒豆を見てぷんぷん怒り出した。妖魔の影に気づくことのなかった通行人たちは、ギャアギャアと騒ぐカラスには驚いた顔をした。人は自分の足元ほど、見えないものなのかもしれない。

「そう怒るな、赤月」

「しかしトーマ、コヤツ、こんなにナオにくっついて！」

黒豆はからかうように、べったりと奈緒の影に寄り添っている。

「そうよ、こんなに可愛いのに」

「ナオまで！」

悔しげに足踏みする姿に笑い、「赤月も可愛いわ」と頭を撫でるために手を出しかけた奈緒は、そこでぎくりと固まった。

自分の前方に、赤い振袖を着た娘がいる。

当真の後ろで距離があるから、彼も赤月も気づいていない。いつものように洋傘を差した彼女もまたこちらには気づいていないのか、そのまま顔を横に向けて近くの店に入ってしまった。

黒豆の鳴き声で、はっとする。

「どうした？」

当真に訊ねられて、奈緒はぎこちない笑みを浮かべた。

「……ううん、なんでもない」

どうしてもそれ以上、口が動かない。

「おまえの父親が心配するだろうから、そろそろ戻るか」

「そうね……」

なんとなく名残惜しくもあるが、あの娘が近くにいると思うと途端に落ち着かなくなって、奈緒もそわそわした。

「帰りましょうか」

もうそちらには目を向けず、そう言った。

当真は奈緒を家の近くまで送ってくれたが、門が見えると「じゃあな」とすげなく背を向けてしまった。自分も屋敷に帰るのか、そのまま森の方向へ歩いていく。

奈緒は少し迷ってから、思いきってその後ろ姿に声をかけた。

「当真！」

当真が足を止めて、振り返る。奈緒はそこまで駆け寄って、小さな包みを彼の手に押しつけるようにして渡した。

「……なんだ？」

「ええと、あの、お礼、というか、その、似合うと思って、いえ、特別な意味はないのだけど」

しどろもどろになって、自分でもよく判らないことをまくし立てる。当真がさらに訝しげに眉を寄せた。

「こ、小間物屋で、赤と黒の組紐を見つけたから。刀の下げ緒にどうかと……あっ、でも別に無理して使うことはないのよ」

「下げ緒？」

当真が包みを開け始めたのを見て、奈緒はぎょっとした。それを目にした彼がどんな顔をして何を言うのかを、すぐ前で見ていろというのか。いや無理だ。そこまで奈緒は図太くない。一瞬でも迷惑そうにされたら、もう当真と顔を合わせられない。泣いてしまうかもしれない。

「い、今、ここで開けないで！　家で開けて！　気に入らなくても次に会う時は知らん顔をしていて！　じゃあ！」

あたふたとそう言って、奈緒はさっと身を翻した。

後ろから、「奈緒」と呼びかけられる。足を止めずに振り返ったら、当真が包みを持った手を軽く上げた。

「もらっておく。ありがとう」

赤くなった頬を両手で隠し、奈緒は自宅の門の中へと逃げ込んだ。

振れ幅の大きい情緒に疲れきって家に入ると、すでに父親は出かけた後だった。

あれこれ問い詰められずに済んで幸いだ……とほっとしたが、それは甘かった。父はいなくとも、兄がいたからだ。

慎一郎は奈緒の前に立ち塞がって、険しい眼でこちらを見下ろした。

「奈緒、あの男はなんだ？」

いやだわ、これじゃ本当に間男扱いじゃないの……と奈緒は眉を寄せた。今までの浮かれ心地が雲散霧消《うんさんむしょう》して、頭から水をかけられた気分になる。

「知り合いよ」

「どんな知り合いなんだ」

「お兄さまにそこまで説明する必要があるかしら」

「当たり前だろう。おまえはこの深山家の一員だ。おかしなやつと関わっては、この家の名にも傷がつく。それとも、どこの誰かも言えないような者だということか。おまえが何も知らない小娘だからと、付け込んで甘い汁でも吸おうとしているんじゃないのか。あんな害鳥を肩に乗せた男など、卑しい生まれに決まっている」

「失礼なことを言わないで」

奈緒は兄を睨みつけて言い返した。

慎一郎の言葉を聞いていると、明るくなった心がまた暗い方向へ引っ張られそうになる。自分の中に芽生えた綺麗な何かまでが汚されるようで、たまらなく嫌だった。

ここに至って、ようやく自覚した。

奈緒は当真と過ごした時間が、ずっと楽しかったのだ。それまでの沈んだ気持ちも憂鬱さも吹き飛んでしまうくらい、彼の傍で笑って、驚いて、胸を弾ませるのが、とても心地よかった。

それが悪いことだとは思わない。当真については確かに話せないことも多いが、だからといって恥じることは何もない。

彼は不愛想で、言葉が足りなくて、冷淡なところも、突き放すようなところもあって、何を考えているのかさっぱり判らないけれど。

……それでも、こんな風に誰かを侮辱するような真似は、決してしない人だ。

世間知らずだと怒っても、お節介だと呆れても、奈緒が危ない時には必ず助けてくれた。

「あの人はわたしの大事な……友人よ」

自分の内側に生まれたものがどんな形をしているのか、奈緒自身にもまだよく摑めていない。口をついて出てきたその言葉は少し違和感があるような気もしたが、他になんと言っていいのか判らなかった。

「友人だと？」

しかし、それを聞いて慎一郎は気色《けしき》ばんだ。もしかしたら、その時奈緒の表情をさっと掠めていったもの、言い淀《よど》んだ間の中に含まれるものに気づいたのかもしれないが、それは彼の感情をより昂《たかぶ》らせる効果しかなかったらしい。

「そんな勝手は許さんぞ、奈緒」

荒々しい口調で断じる慎一郎の拳は強く握りしめられ、ぶるぶると震えていた。

「お兄さまに許していただかなくても、友人くらいは自分で決めます」

「ふざけるな！」

怒鳴ると同時に、近くにあった棚を激しく蹴《け》りつけた。

大きな音がして、何事かと驚いたばあやと女中たちがやって来る。険悪な雰囲気で向かい合っている兄妹を見て、それと察したばあやが「まあまあ」と困ったような笑みを浮かべて近づいてきた。

「慎一郎さま、どうかそのあたりで……何かお飲み物をご用意しますから」

「うるさい、使用人の分際で口出しするな！」

これには奈緒もカッとなった。ばあやは普通の使用人とは違う。昔から二心なく深山家に仕え、母を亡くした慎一郎と奈緒の世話を一手に担ってくれた、いわば育ての親のような人だ。ばあやが縁の下で支えてくれなければ、家族はとっくにバラバラになっていただろう。

「お兄さま、八つ当たりも大概にして。自分が面白くないからって、ばあやにまで鬱憤《うっぷん》をぶつけることはないでしょう？」

「八つ当たり？」

「ええそうよ、お父さまには言いたいことが言えないからって、わたしやばあやに当たっているだけじゃないの。女で弱い存在だから？　自分よりも下だから？　そういう相手にしか威張れないご自分が、恥ずかしくないの？」

「……なんだと」

兄がぴたりと口を閉じた、その時だ。

ぎゃあああん！

甲高い声が耳元で響いて、奈緒はびくっとした。

足元に目をやると、床に落ちた自分の影の肩の上で、猫妖魔がぴんと尻尾を立てて顔を上に向けていた。これは黒豆の鳴き声だ。耳が痺れるほどの音量なのに、それが聞こえているのは奈緒だけのようだった。

ぎゃあん、ぎゃあん、と黒豆は鳴き続けている。一体どうしたというのか。当真に捕まった時でさえ、小さく「ぎゃう」としか鳴かなかったというのに。

――まるで、警告を発しているかのように。

そこでハッとした。そうだ、当真が言っていたはず。

妖魔は、同じ妖魔の気配には敏感だと――

次の瞬間、物が壊れる音と、女中たちの悲鳴が同時に響き渡った。

慎一郎が突然、棚に飾ってあった花瓶や置物を、次から次へと床に叩きつけて粉砕し始めたのだ。

それらが高価なものばかりだからという理由とは別に、慎一郎の鬼気迫る形相と、全身から放たれる凶暴な空気が、女中たちの恐慌を引き起こしていた。

怒鳴るでもなく、叫ぶでもない。ものも言わずに、ひたすら陶器を割り、ガラスを砕き、花瓶の花をバラバラに引きちぎる。

散乱した破片を踏んで、痛みがあるはずなのに、それでも慎一郎はその行為を止めようとしなかった。床には線のような血の痕がついている。

自分の身体が傷ついてもなお、そこにあるものをすべて破壊し尽くそうとしている。

その異様な光景に、ばあやと女中たちはすっかり怯え、竦んでしまっていた。青い顔で震え、泣いている者もいる。慎一郎は確かに癇癪《かんしゃく》持ちだが、いつもとは違うその様子を見て、みんなが同じことを思っただろう。

今の慎一郎は何かに取り憑かれているようだ――と。

奈緒は兄の足元をじっと見つめた。外よりはぼんやりしているが、それでも窓から入る光によってできた影は、明らかにおかしな動きをしていた。

慎一郎が何かを持ち上げ、床に叩きつける。影も同じように腕を上げて、下ろす。しかし影のほうは、その動作が妙にぐにゃぐにゃしているのだった。これが人だとしたら、その腕には骨がない。それくらい極端に波打ち、うねっている。

ぐにゃぐにゃ、うねうね、二本の腕らしきものを上げては下ろし、ゆらゆらと揺れている。楽しそうに。もっとやれ、もっともっと、と焚《た》きつけるように。

黒い生き物が大喜びで踊っているように見えて、ぞわりと鳥肌が立った。

「みんな、外に出て」

そう言うと、涙目になったばあやが「お、お嬢さま」と奈緒の着物の袖を摑んだ。もうそろそろ隠居してもいい年齢なのに、いつもこの家の事情に振り回されて、本当に申し訳なく思う。

「お嬢さまも一緒にまいりましょう。今の慎一郎さまは、お嬢さまの手には負えません。何か悪いものが入ってしまわれたんですよ」

ばあやの言葉はちゃんと真実を衝《つ》いている。そういう状態を世間では、「魔が差す」などと呼ぶのだろう。

実際に妖魔が入り込んでいるとは思わないにしても。

「だからって放っておけないわ。あれでもわたしの兄だもの。……でもそうね、お願いしていいかしら。肩にカラスを乗せた人を捜して、連れてきてくれると嬉しいわ。ここから森のあるほうへ向かって、まだそんなに遠くへは行っていないはず」

「カラス……？　そ、その方は、どういう……慎一郎さまを押さえてくださるくらい、力の強い方なのでしょうか」

「そうよ。とても腕の立つ人なの」

少し笑って見せると、ばあやは戸惑いながらも頷いた。「危ないようでしたらすぐにお逃げくださいい」と言い置いて、急いで外へと出ていく。女中たちは、もうとっくに逃げ出した後だ。

ばあやの姿が見えなくなったのを確認してから、奈緒は大きく息を吸って吐いた。改めて、慎一郎のほうを向く。

「お兄さま」

周囲にこれ以上壊すものがなくなると、慎一郎はようやく動きを止めた。しかし彼を取り巻く不穏な雰囲気はなくなっていない。それどころか、さらに増してきている。

奈緒の呼びかけで上げられた慎一郎の顔は、能面のような無表情だった。血の気が失せて真っ白になっているのに、目だけが真っ黒に塗り潰されているように見える。怒りが消えた、または暴れて気が収まったというわけではないことは、その闇の奥で燃えたぎっている炎で判った。

「……お兄さまは、わたしのことが憎いのね」

好かれてはいないと思っていた。刺々しい態度できつい言葉を投げつけられるのは、性格の合わない兄妹だからだろうと諦めてもいた。考え方も価値観も異なる相手の言動が苛立つのは、しょうがないことなのだと。

でも、違う。

慎一郎は、奈緒のことが本当に嫌いで、憎んでさえいたのだ。

「ああ、そうだとも」

慎一郎は絞り出すような低い声で、認めた。

「俺はずっと以前からおまえのことが大嫌いだ。邪魔で、目障りで、心の底から腹立たしい。おまえなんてこの世に生まれてこなければよかったのに。いいや、せめて別の腹から出てきていればまだよかった。なぜこの深山の家に、俺の妹として生まれてきたんだ？」

そんなことを言われたって、と奈緒は思ったが、心の中に湧いてきたのは怒りよりも悲しみのほうが大きかった。

そこまで兄に嫌われていたとは思っていなかった。何が理由であるにしろ、そこには奈緒の鈍感さも含まれているのかもしれない。人に憎まれるというのは自分がそんなにも嫌な人間であるという事実を突きつけられているようで、つらかった。

ましてや相手は、血を分けた実の兄なのに。

「わたしの、どんなところがそんなにも気に入らないのかしら」

それでも奈緒は精一杯、穏やかな表情と口調を保って問いかけた。ここで自分までが感情的になってはいけない。父の教えを思い出す。

相手の気持ちに寄り添って、何が欲しいか、何が必要なのかを知ること。馬鹿にされても、怒鳴られても、相手と同じように笑ったり怒ったりしないこと。

きちんと耳を傾けていれば、拒絶すべきところと掬い上げるべきところが、おのずと見えてくるはず——

「すべてだ。すべて気に入らないんだ。おまえはいつも、気が強く、出しゃばりで、生意気だ。そして俺のことを見下し、馬鹿にする。兄を兄とも思っていない」

「お兄さまは、わたしのお兄さまよ」

「そういうところだ！　何を言われても平然として……おまえのその目、いつも俺を嘲笑っていただろう！　自分よりも劣った出来損ない、深山家の恥だと！　みんなそう思っているんだ！　父さんもだ！　誰もが、深山の跡継ぎが奈緒であればよかったのにと考えているんだからな！」

また激高して、どんと足を踏み鳴らす。ガラスと陶器の破片が嫌な音を立てて、さらに足裏を傷つけたが、本人はまるで頓着していなかった。何度も何度も踏みつけては傷つき血を流す姿は、おそろしく狂気じみている。

まるで、自分自身のことさえ憎くてたまらないように。

「深山家の跡継ぎはお兄さまだわ」

ぽつりとそう呟いた途端、ひゅっと手の甲が飛んできた。

高い音が鳴り、頬を打たれた奈緒の身体がぐらりとよろける。耳元で、ぎゃう、と黒豆の鳴く声がした。

大丈夫、大丈夫。心配しないで、これくらい平気よ。

奈緒は着物の懐にそっと手を入れた。

「そうだとも、跡継ぎはこの俺だ。父さんのようになりたくて、必死だった。深山商会を俺の代で潰すわけにはいかない。父さんの真似をすればいいのかと考えたこともある。だが駄目だ、そんなことをすればするほど、父さんとの差を思い知らされるだけだった。……でも、おまえは昔から、父さんによく似ていた。そうと意識しなくても、同じような考え方をし、同じような結論に行き着く。そして周りは『この子は父親似だ』と言い、その後で必ず、『だが息子は母親似だな』とがっかりした顔をするんだ……！」

慎一郎は歯の間から押し出すようにして言葉を継いだ。

「おまえがいる限り、俺はこの先もずっと比べられ、落胆されて嘆かれる。おまえは小さい頃から優秀だった。頭の回転が速く、なんでも器用にこなした。商売相手の異人はいつも、俺ではなくおまえに話しかけ、褒めそやした。愛嬌《あいきょう》があり、度胸もある。この小さなレディ相手ならどんなものでも売ってしまいそうだ、とな。その時自慢げな顔をする父親の横で、俺がどんなに惨《みじ》めな気分だったか、おまえに判るか？　父親に追いつくこともできない上に、妹に追い越されるなんて……俺がどれだけ努力しても得られないものを、おまえはすべて生まれつき備えていた。おまえは女で、決して跡継ぎにはなれない。それだけが救いで、それこそが苦痛だった」

――いっそ代われたら、楽になれたのに。

血を吐くようにそう言って、慎一郎は唇を歪めた。

妹だから自分の立場は安泰だ。しかし堂々と争えない分、勝敗がつくことは一生ない。重圧と劣等感だけが、じわじわと精神を蝕んでいく。

「所詮《しょせん》女だ、どれだけ優れていようが何もできない。おまえが嫁にでも行けば、俺も少しは安心できると思っていた。それなのに、おまえは別の形でどんどん俺を追い抜いていく。政府高官との繋がりなんて、俺が十年かけても持てるかどうか判らないものを易々と手に入れておきながら、得意そうにするでもない。変な力を持った子どもを味方に引き入れて、しかも今度はカラスを連れた男だと？　奈緒、あいつは一体どこの地獄で拾った死神だ？」

なんて腹立たしい。疎ましい。恐ろしい。俺には、おまえこそが得体の知れない化け物のように見えた――と、慎一郎はくぐもった声で言った。

そうして妹に対する憤怒と恐怖が膨らんで、憎悪へと変換されていったのだろう。身体の奥深くに押し込めていたその感情を、妖魔が解き放ってしまった。

慎一郎の視線が下に向かう。しかし、真っ赤に染まった床にも、自分の足元でゆらゆらと揺れて楽しげに煽っている黒い影にも、彼は興味を示さなかった。

身を屈め、手に取ったのは、先端が鋭く尖ったガラスの破片だった。

「……化け物なら、兄の俺が成敗してやらなければな」

慎一郎の目は、大雨の後の川の水のようにどろりと澱《よど》んでいた。押し殺して押し殺して、厳重に蓋をして出ないようにしていた願望が詰まった目だった。妖魔に憑かれ、思考を誘導され、行動を操られているにしろ、これは間違いなく兄の本心なのだ。

この家をめちゃめちゃにして、妹という存在をなくしてしまいたい。

「——お兄さま」

奈緒は意を決して真っ向から兄を見返し、そちらへ一歩近づいた。

慎一郎は一瞬たじろぎ、そしてそのことに苛立ったように眉を上げた。破片を握った指に力を込め、構えるようにして持ち上げる。

「……わたしが化け物なら、今のお兄さまだって化け物よ！」

叫ぶと同時に、奈緒は自分の手をまっすぐ前方へと突き出した。予想もしなかった動きに驚いたのか、慎一郎が咄嗟に振り払うような仕草をし、手の甲にちりっとした痛みが走る。

「奈緒！」

その時、大きな声とともに背後から腕が伸びてきた。そのままぐっと抱えるように引き寄せられて、後頭部が固い胸板にぶつかる。そこが激しく上下しているのは、ここまで走ってきたからだろうか。

続けて、バサッという羽音もした。

懸命に突っ張っていた心が緩んで、じわりと目の前が滲んだ。腹部に廻された腕の力強さに、途方もない安堵感が広がっていく。

本当は怖かった。すごく怖かったのだ。足が震えて、今にも倒れそうなほど。

袖先で目元を拭いながら、振り返った。

「……来てくれたの、当真」

「この馬鹿、おまえは懲《こ》りるということを知らないのか。どうして逃げなかった？」

しかしやっぱり優しくはなかった。怖い顔で叱り飛ばされて、身を縮める。

「女二人がかりで突然背中からしがみつかれて、よろよろ走ってきた年寄りに『お嬢さまをお助けください！』って息も絶え絶えで叫ばれたんだぞ。いろんな意味で肝が冷えた」

「いろんな意味で、怖かったのう」

ばあやと女中たちが頑張って当真を見つけてくれたらしい。そんなに激しい運動をして、ばあやは大丈夫だろうか。

「……で、今度はおまえの兄か」

当真が奈緒の赤く腫れた頬と、血が出ている手の甲を一瞥し、厳しい表情を前に向ける。

　慎一郎は、中途半端な位置で上げた手を止め、不自然な体勢のまま、ぎりぎりと歯を食いしばっていた。

　胸の下には、長い針が刺さっている。

「事前に影針を用意してたのか。こうなることを予測して？」

「そんなわけないでしょう。実を言うと、赤月に会えたらいつでも返せるように持ち歩いていたの。今日はいい機会だったのに、うっかりしていたわ」

　当真の登場が突然すぎたのといろいろあったことで、返すのをすっかり忘れていたのである。まったく何が幸いするか判らない。

「返さなくていい、そのままおまえが持ってろ。本当に危なっかしいから、無防備すぎるとこちらの心臓がもたない。もうどこにも傷をつくるな」

　そんなことをさらっと言われて、奈緒の心臓のほうが跳ね上がる。

　当真は慎一郎に視線を据えたまま、背中の袋から黒鞘の日本刀を抜き出した。

　おかしな恰好で静止している慎一郎が、それを見て驚愕したように目を瞠った。なんとか動こうとしているが、手も足も氷漬けにでもされたかのようにびくともしない。

　その影に隠れている妖魔もまた、ぐにゃぐにゃともがいていた。こちらの動きは止まらないが、逃げることはできないらしい。黒豆が面白がって前脚でじゃれついているので、おやめなさいと窘める。

「斬っていいか？」

なんでもないように言う当真に、慎一郎の表情がますます引き攣った。飛び出さんばかりの目で、鞘からすらりと放たれた白刃を凝視する。

「斬られたらお兄さまは死ぬの？」

「殺してもいいのか」

「だめよ」

「じゃあ腕か足を斬り落とすか。肉体が弱ると、隠れている妖魔が影から出てくるからな。どっちにする？」

当真は至極真面目な顔つきをしていた。本気なのか脅しなのか冗談なのか、奈緒にも判別がつかない。

慎一郎は固まったまま、ガタガタと小刻みに震え始めた。汗が噴き出して、びっしょりと顔を濡らしている。

「その前に、話をさせて」

奈緒が頼むと、当真は少し顔をしかめた。

「今さら話が通じる相手なのか？　一緒に暮らしていてもまったく判り合えなかったから、こんなことになっているんだろう？　肉親だから情に訴えればいいとでも思っているなら甘いぞ。肉親だからこそ、もつれたりこじれたりすると厄介なんだ」

奈緒は頷いた。

そう、自分と慎一郎は、他人であれば、きっとこんなことにはならなかった。

「……だけどやっぱり、兄と妹であることは変えられないのよ。望むと望まざるとにかかわりなく、これからも家族であり続けなければいけない。お兄さまの言いたいことは聞いた、だったらわたしのほうもきちんと言い返すべきだと思う」

そして兄が奈緒の言葉を耳に入れてくれる機会は、今を逃すともう訪れない。そう訴えると、当真は渋々というようにため息をついた。

「――影針の効果はもって十分というところだ。それでも変わらなければ諦めろ」

その言葉に、奈緒はもう一度頷いた。

慎一郎に近寄り、目を合わせる。兄は険しい目つきで奈緒を睨み、ガラスの破片を握ったままの手に力を込めた。今にも奈緒の首を掻き切ってやりたい、というように。

……でも、本当にそうなのだろうか。奈緒が影針を突き出した時、兄の手は逆の方向に動いたように見えた。針を避けるなら身をかわそうとしただろうし、あの近距離ならもっと深傷を負わせることだって十分可能だっただろうに。

「お兄さま、知ってる？　子どもの頃のわたしは、お兄さまの真似ばかりしていたって」

慎一郎が疑念を孕んだ目で奈緒を見返した。

奈緒の言葉をそのまま撥ね返してしまうような硬い目だ。信じようとも、受け入れようともしない硬さだった。

「本当よ。ばあやに聞いてみればいいわ。昔のわたしはお兄さまに憧れていたの。努力家で、未来への夢をきらきらした目で語って、わたしが転んだらすぐに手を差し出してくれる優しさもあるお兄さまをね」

そのまま手を繋いで、横浜の町を二人で歩いた。そんな頃もあったのだ。

「わたしこそ、お兄さまになりたかった。周りの人がわたしを褒めてくれたって、必ずその後でこう付け加えるのよ。『でも女の子じゃあ、しょうがない』って。いくらお勉強しても、外国語を話すことができても、女だからすべて無駄だ、気の毒に、という顔をされる。わたしがどれだけそれを悔しく思っていたか、お兄さまは知らなかったでしょう？　男だったら、わたしがお兄さまの立場だったらと、何度考えたか判らない。お父さまは、どんなに頼んでもわたしには決してお仕事の詳しい内容を教えてくれなかったわ。どうしてと訊ねると、不思議そうな顔で『だって奈緒はお嫁に行くのに、そんな知識は必要ないだろう？』と問い返されてしまうの」

努力を欠かさず、美しい夢を抱き、人を助けられる兄に憧れた。

でも奈緒の場合、どれだけ努力したところで意味はないと人は言う。もう決まっている未来に、どんな夢を見ればいいのだろう。自分の手を必要としてくれる人だって、誰もいない。

隣を一緒に歩いてくれた兄も、「女のくせに」と離れていった。

だから奈緒は意地になったのだ。女だからと蔑む人たちの前では絶対に泣くもんか。弱いところを見せるもんか。何を言われても平気な顔で笑っていてやろう。

そうしていつしか、奈緒は周囲から「しっかりしている」と言われるようになった。

「……だけど、本当はね」

その意地が、ここに至って砕けた。

微笑もうと思った口元は意志に反してぐにゃりと曲がり、眉尻が下がって、みっともない泣き笑いの顔になってしまう。

「不安で、心細くて、つらかった」

庇護される立場でありながら、頼れる人がいない。選択肢は極端に少なく、でもそれでさえ自由には決められない。周りを取り囲む状況と、「女である」という変えようのない事実が足枷《あしかせ》となり、動くこともままならない。

鬱屈を抱えながらきちんと立っているように見せるのは、時々ひどく困難だったが、それに気づく人は誰もいなかった。

みんな、奈緒が作った外側の殻の部分だけで評価していた。

「──本当はずっと、寂しかった」

目を伏せて、小さな声でそう言うと、慎一郎が動こうとあがくのをやめ、呆けたような表情で奈緒を見た。

「お兄さまがわたしを嫌いなのは判った。わたしだって、今のお兄さまが好きかと聞かれたら頷くことはできないもの。でも、これだけはよく考えて。──今していることは、本当にお兄さま自身の『望み』なの？」

奈緒のことを疎ましく思っていたというのは事実なのだろう。いっそ妹なんていなければよかったと考えていたのも確かなのかもしれない。

だがそれは、「奈緒を殺してやりたい」というのとは、まったく違う。

慎一郎に憑いた妖魔は、その大事な部分を見誤った。だから行動にも齟齬《そご》が出てきている。

そもそも最初にあった願いは、父のような立派な商人になりたいという、闇とはまったく真逆の性質のものであったはずなのだ。

「わたしたち、これからもきっと、仲は悪いままでしょうね。……だけど、どうせ喧嘩をするのなら、妖魔に操られたお兄さまではなく、いつもの厭《いや》みったらしいお兄さまのほうがいいわ」

奈緒がもう一度正面から顔を見てそう言うと、慎一郎の手がピクリと動いた。

影針の時間切れだ。

「言っておくけど、わたしは絶対に謝ったりしないわよ」

その時、カシャンと音がして、ガラスの破片が床に落ちた。

慎一郎の腕がだらんと下がる。

「……おまえは昔から、兄妹喧嘩をしても、一度も謝ったことがない」

気が抜けたように呟いた瞬間、足元の影からしゅるっと妖魔が飛び出した。

「よくやった、奈緒」

当真がそう言って、刀を大きく振り上げた。

妖魔が封じられると、慎一郎は失神してしまった。

当真はその身体を担いで兄の部屋に運び込んだ後、奈緒の傷の手当をすると、「頬を冷やしておけよ」と言い置いて、今度こそ帰っていった。

その後、ばあやと女中たちがびくびくしながら戻ってきた。奈緒は彼女たちと協力して家の片付けをしたり、急いで医者を呼びに行ったりと、慌ただしく走り回った。

そうしてバタバタしている最中に、父親が帰ってきた。

「……これは一体、どういう状況なのかね、奈緒」

「ええと……」

目を丸くして訊ねられ、答えに詰まる。

今回ばかりは、曖昧に濁すことはできそうにない。なにしろ当事者は身内で、ばあやと女中たちという目撃者もあり、カラスを連れた青年に助けを求めたことも言い逃れできない事実なのだ。

それで奈緒は腹を括って、すべてを打ち明けることにした。正気を疑われるのはもう覚悟の上だ。言いたいことを言わず、腹の中に収めてばかりいたから、深山の家は崩壊寸前まで進んでしまった。だったらいっそ、ぶちまけるだけぶちまけて、崩れたところから一つずつ拾い上げていくしかないではないか。

そんなやけくそな気分も手伝って、カラスの言葉が聞こえたところから順に話した。父親は笑うことも怒ることもなく、黙ってそれを聞いていた。

慎一郎の件まで説明し終えて、口を噤み、こわごわと父親の顔を窺う。

てっきり茫然自失しているかと思った父親は、少々困惑したようにこちらを見返しているが、想像していたほどの驚きはないように見えた。いや、あまりにも荒唐無稽な内容すぎて、呆気にとられているか、奈緒の頭の心配をしているだけかもしれない。

「まずは――」

しばらくの間を置いてから、ようやく父が口を開き、奈緒は固唾《かたず》を呑んだ。

「私は奈緒に、詫びなければならないね。慎一郎にも。私はどうやら、おまえたち二人に、負担をかけすぎていたようだ」

見込み違いだった、失望した、これからはもう息子と娘に一切期待はしない――という意味かと思って奈緒は青くなったが、それを見た父親は慌てたように手を振った。

「いや、違う違う、おまえが考えているような意味ではない。何も気づけなかった自分を恥じているだけだ。慎一郎も奈緒も昔からしっかりしていたから、ついあれもこれもと背負わせすぎた。もうとっくに、おまえたちはへとへとに疲れていたのにね。いやまったく、春山に合わせる顔がない」

背中を丸め、眉を下げた父親は、かなりしょげているようだった。こんな顔、今までに一度も見たことがない。

「……あの、お父さま」

「うん？」

「それだけですか？」

「あ、ああ、もちろん大いに反省しているとも。慎一郎が起きたら、きちんと話もする。今度こそ押しつけるだけでなく、あの子の言い分もちゃんと聞いて――」

「そうではなく、他に気になることはありませんか。よ……妖魔のこと、とか」

「ああ」

そこで父親は、やっとそのことを思い出した顔になった。やっぱりその部分については真面目に聞いていなかったか、耳を素通りしていたのかと、奈緒はため息をつきかけたのだが、

「そちらも驚いているよ。まさか自分の息子が妖魔憑きになるとはね」

しみじみと出された言葉に、思わず呑み込んでしまった息で窒息しそうになった。

「え……えっ？　今、なんて？」

「ん？　だから慎一郎が妖魔に憑かれるほど思い詰めていたのかと……」

「いえ、ですから、妖魔というものの存在をあっさり信じるんですか？　なんだそれは、とか、バカバカしい、とか思わないんですか？」

だって、実際にその目で見てもいないのに。奈緒が言うことはすべて信じる、というほど、父親は分別のない人ではなかったはずだが。

「ああ、うん」

父は一つ目を瞬いて、わずかに苦笑した。

「驚きはしたとも。カラスを肩に乗せた青年が、『暁月』と名乗った時にね。てっきりあれはおとぎ話のようなものだと思っていたから、本当に実在するのかと——そう、なんというか、伝説だと思われていたものに巡り合った気がして、ちょっと感動したな。カラスの御遣いを連れた妖魔退治人の話を祖父から聞いて、心躍らせた時の記憶が蘇《よみがえ》ったよ。まさか奈緒が、暁月家当主の伴侶として選ばれるとはねえ」

「は……？」

当真と赤月のことは話しても、自分が「嫁候補」にされたことは言っていない。

口を開けて固まっている奈緒を見て、父親のほうが不思議そうに首を傾げた。

「おや、奈緒は彼から聞いていないのかい？　深山はもともと、暁月家の七つある分家のうちの一つだったんだよ。暁月家当主は代々、その分家の中から自分の伴侶を選ぶんだ」

奈緒はその場に倒れそうになった。

第五話

闇夜に烏、雪に鷺《さぎ》

——暁月家は、いつの頃かも定かではないくらい、遠い昔から存在しているのだという。

その時その時で立場は違えど、「妖魔を封じる」ことを目的にしていたのは変わりない。朝廷や幕府との関係も様々で、庇護を受けたり敵対したり、ひそかに立ち回ったりしながら、血を受け継ぎ、代を重ね、脈々と暁月の名と能力を保持し続けてきた。

その間、動乱があり、天変があり、飢《き》饉《きん》があり、戦があり、断絶の危機は何度も訪れた。時代情勢が不安定なこともあったし、一族の人間は短命であることが多いという理由もあった。家の継承はいつでもギリギリで、綱渡りのように危ういものだった。

「そこである時、もしもの場合に備えて、家を分けることにしたんだよ。その時は偶々、生き延びた子が多かったんだろう。好機とばかりに、その子らの数の分だけ、七つの分家を作った」

父親の説明を、奈緒は茫然と聞いていた。父もまた、その話を自分の祖父から聞いたらしい。

おとぎ話のような、「昔話」として。

「分家は最初、それぞれの子どもたちの名前がついていたそうなんだが、今となってはもう判らない。はじめは上下関係がはっきりしていて、当主のいる暁月家は『本家』ではなく、『主家《しゆけ》』と呼ばれた」

当主を主君とすると、分家はその家臣の扱いということだ。

「しかし、『主家に絶対服従、当主の危機には何を置いても必ず馳《は》せ参じること』を誓っていた分家は、時代が進むうち、そのありかたもだんだん変わっていった。きっと、争いもあったのだろう。妖魔を封じることができるとはいえ、そこはやっぱり人間なのだからね、一人一人の思惑や感情があるのは当然というものだ」

なんとなくしんみりとした口調だった。我が身に置き換えて、思うところがあるのかもしれない。

「それで、『暁月家当主の伴侶は、分家のいずれかから選ぶものとする』という決まりができたんだよ。そうすることによって少しでも結束を固めようという意図があったのではないかな」

それは果たして上手くいったのだろうか、と奈緒は首を傾げた。

その決まりが、今度はかえって分家同士での揉め事の種になることもあったのではないか。当主の伴侶を分家から出すということは、次代の当主がその分家筋の血を引くことになるのだから、どうしたって力関係にも差が生じてくる。

「江戸の頃になると、分家の主張も強くなってきて、七家それぞれにちゃんとした姓がつけられることになった。『嘴太《はしぶと》』『嘴細《はしぼそ》』『黒丸《こくまる》』『渡《わたり》』『星《ほし》』『勝《かち》』……そして、『深山』だ」

奈緒はきょとんと目を瞬いた。

「それは、カラスの種類の名ではありませんか？」

父親がくすくす笑う。

「そうだよ。暁月一族は『カラスの末裔《まつえい》』とも言われているからね。当主がいつもカラスを連れていたからか、妖魔を退治した後で闇にまぎれて消えてしまうとされていたからか、それとも別の意味があるのかは不明だが」

「カラスの末裔……」

ということは、自分の先祖もカラスということか。奈緒は複雑な気分になった。

「だが、七つあった分家も、次第に数が減っていってね……後継者がおらず存続できなくなったから、という場合もあったが、おもな理由は、能力を持たない者が生まれるようになったから、ということらしい。たぶん、時代の移り変わりとともに、妖魔が減っていったことも関係しているのだろう。血なまぐさい戦国の時が、最も妖魔がはびこっていたと言われる。それから太平の世となり、文明が進み、あちこちで明かりが灯されるようになって、この国から闇が薄らいでいくと同時に、妖魔も少なくなった。その妖魔を封じられる人間もまた、どんどん数を減らしていくのは、自然の摂理というものかもしれない」

そうして一つ、また一つと、分家の名が消えた。能力を持たず、従って妖魔退治に関わることのない者も増え、分家は分家としての意味をなさなくなった。

「深山はなんとか名を残したが、自ら主家から距離を置いたという話だ。役に立てないことを恥じたのか……良い機会だと考えたのかは判らない。妖魔を封じるのは危険を伴うし、多くのものを犠牲にしなくてはいけないからね。それこそ、人生を捧げなくてはいけないくらい」

お家が第一、主君に仕えるのがすべて、という時代ならばともかく、考え方も価値観もめまぐるしく変わる中で、それを甘んじて受けるのは難しかったのだろう。

他の家も同じように、自分たちの使命を諦め、あるいは放り出し、暁月家から離れていった。親世代が話さなければ、その子どもたちはさらに何も知らないままで、かつての主家には見向きもしない。妖魔の存在についても、鼻で笑って信じない人間も増えた。

分家の子孫たちは離散し、現在どこでどうしているのか判らない。どんな姓を名乗っているのかも。

——そして七つの家すべてから見放された暁月家だけが、妖魔と向き合わなくてはならなくなった。

今は、当真ただ一人が。

「分家はみんな逃げて、主家だけが残った。……私の祖父は、それを申し訳なく思っていたんだろうね。私が小さい頃、深山家の成り立ちを教えてくれて、そういうことだから、もしもこの先おまえが暁月家に関わることがあったなら、どんな形でもいいからかつての主家に報いてほしい、とこっそり言ったんだ。私の両親はそういうことをまったく信じない性質であったから」

曾祖父は奈緒が生まれる前に亡くなったので、顔も知らない。もしも生きていたら、今のこの状況についてどう思うのだろう。

「……あの、じゃあ、赤月——いえ、カラスの言葉が聞こえた者が当主の伴侶に、という話は」

「カラスの言葉が理解できる、つまりそれが分家の人間だという証だからだよ。ただ、私と慎一郎にも同じく理解できるかといえば、それはなんともいえない。奈緒はたぶん、はるか昔から繋いできた能力の片鱗《へんりん》を受け継いだのではないかな。だから伴侶になる資格を持っている、ということなんだと思う。いや逆に言うと、そういう者でなければ、暁月家でさえ能力を次代に繋げられない、ということなのかもしれないね」

父親は笑みを浮かべている。当惑するばかりの奈緒と違って、さっきからやけに機嫌が良さそうだ。

もしかして、当真と赤月は最初からそれを全部判っていた、ということなのだろうか。奈緒が深山の姓を持っていることを知る前から、この娘は分家の血を引く人間だと。だから当然のように、「嫁に」なんて口にしていたのか。

——奈緒本人には、なんの説明もなく？

「それで奈緒、暁月の当主……いや当真くんは、今度はいつこの家に来てくれるんだい。私もぜひ話を聞きたいのだが」

すっかり童心《どうしん》に返っているらしい父親は、期待に満ちた目をしている。

「その前に、まずはお兄さまのことをなんとかなさるほうが先です」

奈緒は自分でもびっくりするほど冷たい声を出して、ぴしゃりと言った。

とはいえ、反省したという言葉に嘘はなかったようで、それから父と慎一郎は長い時間をかけて話し合った。

その話し合いに奈緒は入らなかったし、聞くこともしなかったので、詳細は判らない。兄の今後のことも含めた内容だったのかも不明だ。

慎一郎はそれからしばらく、何かを一心に考え込んでいた。足裏にひどい怪我を負っていて歩けない、というのも幸いだったらしい。どこにも行かず、ひたすら自室にこもって、時々窓の外を眺めながら時間を過ごした。

しかしとりあえず、ばあやには「悪かった」と謝ったそうなので、悪い方向の思案ではないのだろう。そう考えて、奈緒は放っておくことにした。

自分を見つめ直し、新たにこの先へと踏み出すため心の準備をする——きっと、そういう時間が兄には必要なのだ。

そして奈緒は、以前と同じ生活を続けている。

朝起きて、食事をとり、女学校に通って、帰ってきてまた食事をし、眠る。東京に来た当初から変わりないことを淡々とこなしているようで、しかしそこには確実に、前と違っていることもあった。

なんの変哲もない日常のそこかしこに、闇が潜んでいると知ってしまったことだ。

その闇の中に、ひっそりと人ではないものが隠れ、虎視《こし》眈々《たんたん》と獲物を見定めるため目を光らせている。ふとした瞬間、すれ違う人々の影に、そして笑いさざめく学友たちの影に、おかしな動きがないかどうか、確認してしまう癖がついた。

妖魔の存在を知るまで、奈緒の世界は狭かった。いや、今でも決して広くはないのだろう。だが、自分にばかり向けていた目が、少しずつ外側に向き始めた。最近はそんな感じがしてきている。

兄の一件以来、当真とは会っていなかった。

祖父から託されたものが娘の代で実現できそうだと、父親がすっかりその気になっているのも、逆に奈緒を足踏みさせている理由の一つだ。なんとなくモヤッと胸に引っかかるものがあるこの状態で、当真と顔を合わせたいとは思わなかった。

赤月も、姿を見せない。

そうして日数だけが過ぎていったそんな折、奈緒の手元に二通の手紙が相次いで届いた。

一通は雪乃、一通は操からだ。

奈緒はドキドキしながらそれらを開いたが、心配していたようなことは書かれていなかった。少し苦労はあるけれど、なんとかやっている——二通の手紙は、どちらもそういう内容だった。

雪乃は夫となった人と一緒に、彼の故郷とはまた別の土地で新生活を送っているのだという。

借りたお金の返済はもう少し待ってもらわないといけないようだ、と相変わらずの律義さで丁寧に詫びてあった。小さな家であれこれ切り詰めながらの暮らしは慣れなくて、試行錯誤の連続だ、とある。

それでも——楽しい、毎日が幸せだ、と書かれてある言葉に、嘘はないのだろう。文面には夫の惚気《のろけ》もふんだんにちりばめられていて、少々当てられてしまうくらいだった。奈緒にはまだ新婚家庭の「ここだけ話」は刺激が強い。雪乃さんったら、ここまで明け透けに言わなくてもいいじゃないの、と顔が赤らんでくる。どうやら、強くならざるを得ない環境が、彼女の性格のほうも変えたらしい。

手紙には新しい住所が記されてあったから、早速、買ったリボンを送ろう。

そして操の手紙のほうには、まだたどたどしい文字で、近況が綴《つづ》られていた。新しい母は、やはりちょっと厳しい人であるそうだ。しかし叱られているのはもっぱら父親のほうだとあって、つい噴き出してしまった。

操はその人を「おかあさま」と呼び、いろんなことを教えてもらっている、と拙い文章で伝えていた。難しいこともあるし、失敗することも多いけれど、おかあさまは注意をするだけで怒りはしません、と書いてある。幼いながら、賢い操はその二つの違いをきちんと理解しているのだ。

学校にも通わせてもらっていて、そこではお友だちもできた、というところを読んだ時には、思わず涙ぐんだ。今頃はきっと、あの年頃の子どもらしく、お喋りして、遊んで、楽しげに笑っているのだろう。

二人の人生は、ちゃんと良い方向へ向かっている。

それが判って、奈緒は心から安堵した。

もしも当真がいなければ彼女らはどうなっていたか、考えるだけで恐ろしい。妖魔はやっぱり、放置していたらいけない存在なのだ。だから彼は今も、カラスの赤月を供に、刀を手にして戦っているのだろう。

この世にたった一人残った妖魔退治人。

「……黒豆、わたしはどうしよう」

下を向いて呟くと、肩の上で丸くなっている猫の影は少し顔を上げただけで、また伏せてしまった。鳴いてもくれない。

それは自分の知ったこっちゃない、というように。

奈緒は手紙を手にして椅子に座ったまま、じっと考えた。兄と同じく、誰にも邪魔されずに時間をかけて考えた。自分の胸に手を当てて、そこにあるものをしっかりと確かめながら。

そしてようやく立ち上がった。

結論は出なかったが、一つの決意をして。

――当真に会いに行こう。

暁月屋敷の門は閉じていた。

今日は他に客はいないらしい。それはいいのだが、赤月も飛んでこないので、奈緒は戸惑った。また遠出をしているのだろうか。

どうしようと迷ったものの、ここまで来て引き返すわけにもいかない。奈緒の手の中には、自分で選んで買った菓子の包みもある。

そうっと門を開けて、「ごめんください……」と声をかけてみた。しかし、バサバサという羽ばたきの音はどこからも聞こえてこない。

ますます当惑したが、仕方なく門を通り、敷地内に足を踏み入れる。

そのまま以前のように庭へ廻って縁側に行ったのだが、そこには誰の姿もなかった。

一応、縁側から中に向けて「こんにちは」と呼びかけたのだが、障子の向こうからはコトリという物音もしない。

「怒られるかしら……」

不安になったが、かといってこれでは埒《らち》が明かないので、建物の玄関へと向かった。

屋敷の規模に見合って、両端に脇壁のついた式台のある、立派な出入り口だった。上がり框《がまち》の舞良戸《まいらど》はぴっちりと閉じている。

暁月家は朝廷と幕府のどちら側に立つとも定めていなかったようだが、屋敷が武家の書院造りなのは、家風がそちら寄りだったからなのかもしれない。刀を持って戦う一族なのだから、それも当然か。

草履を脱ぐと、戸を開けてそろりと中を窺い、何度か声をかけたが、返ってくるものはなかった。玄関の間から向こうも、しいんとした静寂が落ちているだけだ。当真も赤月も留守なら、さすがにここから先は入れない。

奈緒は少しためらってから、戸の手前にそっと菓子の包みを置いた。たぶんこれで、自分が来たということは伝わるはず――

その時、かすかに、ゴホッという咳声《せきごえ》が聞こえた。

ここまで静かでなければ耳に入らなかったくらいの音だ。だとしたら、今のは奈緒に聞かせようとしたものではないのだろう。

「当真？　奈緒よ、いるの？」

返事はなかったが、もう一度、さっきよりもさらに小さな咳が聞こえた。しかも苦しげに何度か続いている。

これは……と思って、奈緒は腹を決めた。

「上がらせていただくわね、お邪魔します」

一方的に断って、玄関の間に入っていく。奈緒はこういった屋敷の間取りに詳しくないので、どちらに何があるのかさっぱりだが、そのまま廊下を通って台所を突っ切り、奥へと向かった。想像が正しければ、現在の当真がいるのは居間や書院のある表側ではないはずだ。

いちばん奥の間にまで来ると、思いきって「入ります」と一声だけかけ、唐紙の襖《ふすま》を開けた。

果たしてそこには、布団に横たわっている当真の姿がある。

寝入っているのか、侵入者がすぐ近くまでやって来たというのに、目も開けない。泥棒だったらどうするのかしらと心配になったが、考えてみればそもそもそんな人間はこの屋敷まで辿り着けまい。

いつもは洋装の当真だが、今は浴衣姿だった。寝苦しそうに、胸元が大きくはだけている。

そしてその額には、濡れ手拭《てぬぐ》いがいかにも適当に載せられていた。

枕元には水を張った盥《たらい》が置いてあるが、その周辺がびしょびしょに濡れているところを見るに、当真が自分で手拭いを濡らしているらしい。

充分に絞っていないので、額に置いた手拭いからも水が垂れている有様である。彼の前髪が濡れそぼって張り付いているのはそのためなのか、汗をかいているからなのかは、よく判らない。どちらにしろ、これでは余計に悪化しそうだ。

屈み込み、そっと頬に触れてみたら、かなり熱かった。乱れた呼気を口から漏らし、その合間にゴホッと湿った咳をしている。苦しいのか、それともどこか痛いのか、目は覚まさないのに、眉が寄せられていた。

前に手拭いを替えたのはいつなのだろう、もうすっかり温くなっている。

「赤月ったら、こんな時にどうしたのかしら」

いつも当真の保護者のように振る舞うあのカラスが、この状態の彼を放置してどこかに行くとは思えない。偶然赤月が不在の時に、病気になってしまった、ということならまだ判る。

それで他に誰もいない屋敷の中、一人で寝込んでいたと。

奈緒はどうすべきか——その問いに対する答えは一つしかなかった。本人が起きていたら、きっとすぐ追い出しにかかるに決まっているが。

……まあ、たまには、当真が嫌がることをするのもいいわ。

当真と赤月が聞いたら「たまに？」と突っ込まれそうなことを思って、奈緒は水を替えるべく、盥を持って立ち上がった。

そうして、ふと、布団の脇に、黒鞘の刀があるのを見つけた。いつもこうして近くに置いているのだろうかと、彼のこれまでの生き方を目の当たりにしたような気分になり、眉を下げる。

眠っている時でさえ、気が抜けないなんて――

しかし次の瞬間、それどころではないことに気づいて、動揺してしまった。盥を抱えた手が揺れて、中の水がちゃぷんと音を立てる。あたふたとそれに背を向けて、奈緒は急いで寝間を出た。

自分にも風邪が移ったようだ。頰が真っ赤で熱い。

――刀の鞘には、赤と黒の下げ緒がしっかりと結ばれていた。

井戸から冷たい水を汲み、きつく手拭いを絞って顔と首元の汗を拭い、額に載せる。ついでに台所から二枚手拭いを拝借して、濡らしたそれを脇の下に挟んでやった。奈緒が熱を出した時は、ばあやがいつもこうしてくれるからだ。飲み水も用意したので、目を覚ましたら飲ませればいいだろう。

布団をきちんと整え、傍らに膝を揃えて座る。

無音に近い静けさの中で、当真の寝息だけが低く響いていた。当初よりは落ち着いてきたようだ。

病気の時に一人きり、しかも周りは森で、誰もそこを通ってここには来られない。奈緒だったら、たぶん耐えられないくらい心細い。いや、健康な時だって、こんな場所で毎日を過ごすのは精神的にすぐ限界を迎えてしまいそうだ。

……当真は、どうなのだろう。

室内を見回してみると、畳の上には難解そうな本が無造作《むぞうさ》に積み上げられ、何の書類なのか数枚の紙が乱雑に散らばっていた。

しかし、他には何もなかった。家具もなければ、飾りもない。

奈緒の部屋のように絵や人形を置く趣味が当真にあるとは思えないが、それにしたって、殺風景すぎる。

台所を見た時も思ったが、ここには生活感というものがほとんどなかった。一つの場所で暮らしている以上、多少なり個人の嗜好《しこう》というものがどこかに覗くのではないかと思うが、それもない。家への愛着というものがまるで感じられない、とでも言えばいいのか。

広いのに、空虚で寂しげな屋敷だった。

もしかして、当真が頑として他人を家の中に入れようとしなかったのは、これが理由なのかもしれない。ここはたぶん、彼にとっては単なる容れ物で、それでも他人に踏み入られたくない聖域でもあるのだ。

それからも何度か手拭いを取り替えたが、当真は目を覚まさなかった。よほど深い眠りなのだろう。それだけ肉体が疲れているということかもしれない。

なるべく当真の寝顔をまじまじと眺めるような真似はやめておこうと思ったのだが、そうするとどこに視線を向けたものか迷ってしまう。そのあたりに放り出されている書類はなんとなく見てはいけない内容のような気がするし、さりとて勝手に屋敷内を探検するわけにもいかない。

結果、正座してじっと下を向いていたら、うつらうつらと眠気がさしてきた。ここに来てから二時間くらいは経っている。その間手拭いを取り替える以外のことは何もしていないのだから、頭がぼんやりしてきても仕方ない。家を出てからずっと緊張していたので、今になって反動が来たせいもある。

いつの間にか、奈緒の意識は闇に沈んでいった。

目を開けても、そこは暗闇だった。

ひょっとして、夜になるまで眠り込んでしまったのではと慌てたが、どうも様子が違う。自分の頬に当たるのはなんだか生臭い風。目に映るのは、屋敷の中の寝間ではなく、周りを取り囲むように立つ木々だった。

……外？

当真の看病をしていたはずの自分が、なぜこんなところにいるのだろう。奈緒は焦ったが、身体のほうが上手く動かない。腕も足も、すっかり震えて、自分の意のままに動かすことは叶わなかった。

それにしても、どうしてここはこんなにも暗いのか。

「だめ、だめよ、こちらに来てはだめ」

切羽詰《せっぱ》まったその声とともに、誰かにぎゅっと抱きしめられた。

淡い色の着物を着た女性だ。古風な髪の結い方をしたその人は、膝を折って両腕を強く自分の身体に廻している。そうしないと、視線が合わないのだと気づいた。

なぜなら、ここにいるのは、子どもだから。

奈緒はやっと理解した。これは夢だ。しかも自分の夢ではない。操の時と同じように、また誰かの夢を共有している。

だって、今の「自分」は男の子だ。

着物と袴に包まれているのは、まだまだ小さく細い未発達な肉体だった。その全身ががたがたと震えている。本当は暴れて、怒って、泣いて叫びたいのに、それすらできないくらいの絶望に覆われて、身動きもできなかった。

「か……かあさま」

自分の口からは弱々しい涙声しか出てこない。それが悔しく、情けなく、途方もない恥辱に襲われる。

どうして自分はこんなにも無力なのか。母親に抱かれ、守られ、ただ竦み上がるだけ。戦うこともできない。母の手を引っ張って逃げることもできない。敵に立ち向かうこともできない。

父親が喰われた、この時でさえ。

母の肩越しに見える「それ」は、これといった形がなかった。ただの闇、とてつもなく深く暗い穴のような、真っ黒の化け物だ。

ここがこんなにも暗いのは、夜であるという以外にも、この化け物が視界を塞いでいるからでもある。

それは大きさも一定していなかった。ぶわりと膨らんだかと思うと、ひゅうと萎《しぼ》んだりもする。収縮を繰り返しながら、それでも力はあるのか、周りの枝を押しやるようにしならせ、ばきりと音を立てて折っていた。

ぐにゃぐにゃと捩るように動くさまはひどく不気味だ。時々、ひゅるっと一部が長く細く伸びてうねっている。それはまさしく触手のようで、吐き気がしそうなほどにおぞましい眺めだった。

その闇の化け物には目も口もない。なのに、父は喰われた。逃げろ、と母と自分に叫んで、闇に呑み込まれ、そのまま姿が見えなくなった。もう声もしない。強く逞しく、いつでも頼りになった父の気配は完全に消えた。

これが、妖魔。

いいや、こんなのが妖魔であるものか——と自分の頭の一部がしゃにむに否定の声を上げていた。妖魔は影に潜んで人を操るだけのもの。少なくとも、父の妖魔退治についていった時、自分が見たのはそういうものばかりだった。

妖魔にはもともと形がない。せいぜい人や動物を模倣するくらいが精一杯。それ自体が直接人に危害をくわえることなどあるはずがない。

だったら、この闇そのものの、人を喰らうモノはなんだ?

これが妖魔だとしたら、他のどの妖魔とも違う、突然変異体だ。それも、決してあってはならない最悪の変異を起こした怪物だ。

長い時間をかけて溜め込まれた人々の恨み憎しみが、急激に変わった世の中の歪みが、いつしかこんな奇怪で恐ろしいモノを生み出してしまったのだ。

「さあ、これを持って」

がくがく震えてその闇から目を離せない自分の手に、何かが押しつけられた。

黒鞘の刀だ。

父親が自らの終わりを悟った時、咄嗟に投げて寄越した刀だ。妖魔封じの刀まで闇に呑み込まれてはいけないと考えたのだろう。それと同時に、父は最後の反撃の機会をも失ってしまった。

自分の身よりも、次代に繋げることを優先させた。

強く歯を食いしばる。なぜ、なぜだ。どうして自分たちばかりが、こんな宿命を背負わねばならないのだ。他の連中はみんな、押しつけるだけ押しつけて何もしない。分家は逃げ、政府は黙認するのみで、一般人は何も知らない。妖魔退治と、あやしの森の番人の役目は、暁月家だけが担っている。

拒むようにぐっと固めた拳を、母親は強引に開かせて、そこに刀を握らせた。

いやだ、いやだ、と首を振る。どうして危険を冒してまで、妖魔を封じなければならない。憑かれた人を助けねばならない。どうせそれは自業自得、本人の醜い感情が魔を引き寄せた結果なのに。

妖魔を封じたからといって感謝をされるわけでもない。そいつが改心するわけでもない。むしろこちらに襲いかかってくる者もいる。闇を抱え込んでいるやつは、妖魔に憑かれなくたってどの道自分の手を汚すのだ。どうしてそんな連中のために、命を懸けてまで戦う必要がある？

自分たちを助けてくれる人は、誰もいないのに。

「しっかりしなさい、あなたは暁月家の跡取りなのよ。とうさまのこれまでの努力を無駄にするつもりですか」

母親が叱りつけるように言ったが、その声は頼りなく揺れていた。彼女の顔は涙でびっしょりと濡れている。

母もまた、怖くて、悲しくて、悔しくてたまらないのだろう。

「これを持って、屋敷にお戻りなさい。あそこなら、この妖魔もおいそれとは近づけないはず」

「なら、かあさまも一緒に行こう」

嫌な予感がして、母親の着物の袖を掴む。バサバサと音がして、これまで父からほとんど離れることのなかった赤月が、肩の上に降りた。

それは、自分が暁月家の新しい当主になったことを意味していた。

「赤月、この子をお願いね」

「――ウム、判った」

重々しい返事をして、赤月が頷く。黒い瞳が痛みをこらえるように伏せられ、一粒だけ涙を落とした。

母親は真面目な表情で、こちらに向き直った。

「かあさまは、後からすぐに行きます。先に行っていて」

「いやだ。一緒に行く」

頑固に言い張ったが、母親がそれに頷くことはなかった。

彼女の背後の闇は、ずるりと木の間を移動して、こちらに近寄ってくる。あれに呑み込まれたら、もうおしまいだ。切迫感と恐怖で、肌が粟立った。

抱きしめられる腕に力がこもる。

「――元気でね。あなたが幸せになる道を見つけられることを祈っているわ、当真」

母親はそう言って、優しく微笑んだ。

奈緒ははっと目を覚ました。

自分がいるのは暁月屋敷の寝間である。すぐ傍らで眠っているのは当真。そのことを自覚した途端、激しく狼狽した。

今のは、当真の夢だ。

奈緒はどうしてこんなことができるのだろう。他人と夢を共有するなんて、まるで人の心の中に土足で踏み込むようなこと。

それはひどく不躾で無神経な、最低の行為に思えた。自分で意識してやっていることではないとはいえ、居たたまれないほど恥ずかしくなる。

あんな夢……いや、過去と言うべきか。当真はそれを決して、人には見られたくなかっただろうに。

当真はまだ目覚めない。しかし、顔から汗を噴き出して、小さく唸るようにうなされていた。今もまだ、彼は夢の中で恐怖に囚われたまま、絶望に打ちひしがれた少年の姿をしている。

奈緒は額の手拭いを取ってまた濡らし、そっと汗を拭った。

——と。

当真が唐突に、ぱちりと目を開けた。

すぐ前に人の顔があるのを視界に入れるや、条件反射のように手を伸ばし、横に置いてあった刀を掴んだ。それと同時に反対側の手が動いて、奈緒の手首を取る。

「きゃっ」

くるっと景色がひっくり返った。捻るように身体が傾き、当真が寝ている布団の上にバタンと倒れ込んでしまう。間髪いれずに身を起こした当真に、鞘の先を突きつけられた。

「……は？　奈緒？」

険しい表情で瞬時に奈緒を組み伏せた当真は、一拍置いてから、やっと相手の顔を認識したらしい。彼にしてはずいぶん間の抜けた声を出して、その場に固まった。

「なんでここに……いや、本物、か？」

奈緒も以前同じことを思ったので、気持ちは判る。

「間違いなく本物よ。確認できたら、手首を離してもらってもいいかしら。その……目のやり場にも困るし……」

当真は片膝を立てており、浴衣ではどうしても裾が思いきりはだけてしまう。奈緒はその彼の真ん前で倒れているので、膝頭が剝き出しになるような恰好をされるといろいろ困ることになる。

奈緒が目を瞑って頬を染めると、手首を摑んでいた当真の指がぱっと開いた。

立てていた膝を崩し、胡坐《あぐら》をかく。刀も置いて腕を組み、ふてくされたような顔でそっぽを向いたが、彼の顔も赤かった。熱のせい、と思うことにしよう。

「……何しに来た？」

「顔を見に来たの」

「赤月のか」

「当真のよ」

奈緒の返答に、当真が驚いたような顔をした。何かを言おうとして口を開きかけ、しかし言うべき言葉が見つからないように動きを止める。

少し黙った後で、その体勢のままパタンと後ろ向きに倒れた。

「……ダメだ、頭がまったく廻らない」

「無理もないわ、だいぶ熱が高いようだもの。赤月はどうしたの？」

横になった当真に改めて布団をかけ直してやりながら訊ねると、もの問いたげな視線が返ってきた。

「おまえのところに行かなかったか？」

「来ていないけど……わたしのところに行くと言っていた？」

「いや、そうじゃない。昨日から本格的に調子が悪くなってきて、赤月には屋敷の外にいるように言っておいたんだ。あいつももういいトシだし、風邪が移ったらまずいと思って」

人にまるで優しくない当真は、赤月に対しては少々過保護な面がある。

いやきっと、それだけ大切な存在だということなのだろう。

「赤月、心配していたんじゃない？」

「まあな……でも実際、あいつがいたところで……」

もごもご言葉を濁したが、言いたいことは判った。どれだけ当真のことが心配だったとしても、赤月では水を汲んだり手拭いを替えたりはできない。だったらせめて病気が移らないよう離れていろ、と言った彼の気持ちも判らなくはない。

しかし、だとしたら、確かに変だ。

その場合、赤月ならば真っ先に奈緒のところに飛んできそうなものなのに。むしろ大げさに話を盛って、「今にも死にそうだからすぐに行ってやってくれ」くらいのことは言いそうだ。

当真も口にはしなくとも、それを見越して外に出ていろと言ったのではないか。奈緒のところに来ていないと知るや、途端に落ち着かなくなって、外に面した障子のほうへ顔を向けた。

「やっぱり具合が悪くなったんじゃないだろうな」

「だとしても、当真の病気を治すほうが先でしょう」

放っておくと、すぐにでも屋敷を飛び出して捜しにいきかねない。釘を刺したら、不満げに口を曲げた。いつもは二十という実年齢よりも大人びている当真だが、布団に入っている今は、不思議と子どもっぽく見える。

「……もしかしたら」

束の間、美しい娘の顔が脳裏を過ぎった。

「他の嫁候補のところに行っているのかもしれないわね」

「まさか」

当真が額の濡れ手拭いに手をやりながら、気のない様子で答えた。興味なさげな目は、天井へと向いている。欠片も本気で考えていない顔つきだ。

「でも、あり得なくはないでしょう？　姓が変わっていたとしても、深山以外の分家の子孫が近くにいる可能性は十分あるわ」

あの娘もまた、奈緒と同じ立場なのかもしれない。父から話を聞いて、真っ先に考えたのはそのことだ。そうだとしたら、二人の条件は同じ。奈緒には逃げる口実ができ、当真には伴侶の選択肢ができる。

当真の手がぴたりと止まった。天井へ向いていた目が、傍らに座る奈緒へと移る。

「……聞いたのか」

「どうして教えてくれなかったの？」

「話してどうなる？　おまえの家の深山だって、ずっと昔の約束事なんて、もう誰も、何も覚えちゃいないんだろう？　妖魔の存在も知らなかったおまえに、暁月の分家がどうこうなんて説明したところで意味はない」

当真の口調は普段どおりの素っ気ないものだ。しかし、その目は冷ややかに醒《さ》めていた。

誰も、何も、覚えていない。

両親を妖魔に喰われ、暁月家の最後の生き残りとなった当真は、そうして一人ですべてを背負ってきたのだろう。

——人は時に、妖魔よりも残酷になれる。それでも救えと言うのか？

彼はその問いを常に、自分自身にも投げかけているのかもしれなかった。

「今さら分家の義務なんて押しつけたってしょうがない。そんなものはもうとっくに瓦解しているんだ。……だけど赤月が、どうしても嫁は必要だとしつこく言うから」

「当真は、どう思っているの？」

「どうって」

「自分の伴侶になるのは、分家の子孫で、赤月の言葉を聞き取れる人間であれば、誰でもいいと考えてる？」

「俺は――」

しばらく、間が空いた。

しんとした静寂の中、奈緒と当真の視線が交わる。

それを聞くために今日、奈緒はここに来たのだ。ぴんと糸を張ったような沈黙が場を支配して、痛いような緊張感がちりちりと肌を刺したが、なんとか踏ん張って彼の視線を受け止めた。

先にふいっと目を逸らしたのは当真のほうだった。天井を向いて手を動かし、隠すように濡れ手拭いを自分の目の上に置く。

「……それは、今この時、答えなきゃいけないことか？　ただでさえ熱で頭がぼうっとしてるんだ」

張り詰めた糸が緩んで、奈緒はため息をついた。

「それもそうね。当真、喉が渇いているんじゃない？　水を飲んだほうがいいわよ」

「ああ」

当真が手拭いから手を離し、ゆっくりと身を起こす。湯呑みに水を注いで渡すと、素直に受け取って口元へと持っていった。

「お腹は空いていない？」

「空いてる。昨日から碌に食ってない」

「もう、しょうがないわね……だったらお粥でも作りましょうか。お米くらいはあるんでしょう？」

「米はあるが……あれはなんだ？」

当真の目が、奈緒が持参した包みへ向いた。

「お土産のお饅頭」

「粥よりそっちのほうがいい」

「だめに決まってるでしょ」

奈緒はにべもなく振り払い、包みを持って立ち上がった。ここに置いておいたら、いつの間にか空っぽになっていそうだ。

「おまえ、料理なんてできるのか？」

「……作り方は知っているわ」

言ってはなんだがお嬢さまとして育ってきた奈緒は、普段から食事の支度をするような立ち位置にない。ただ、料理は教養の一環として習った。おもに洋食だとか、少し凝った和食とかで、粥はその中に含まれていなかったが。

当真が何か言いかけたのを察し、さっさと部屋を出てパタンと襖を閉じた。

火を起こすのに手間取り、鍋を探し出すのにうろうろし、米を見つけるのに以下略、という感じで非常に時間はかかったが、なんとか粥はできあがった。

まあ、多少焦げているくらいはご愛敬だ。どうぞ、と内心ドキドキしながら茶碗を差し出すと、当真は早速箸を手に取って食べ始めた。匙《さじ》はどう探しても見つからなかったのである。

「……どう？」

「熱のせいか、あまり味がしない」

「そういえば、塩を入れるのを忘れていたわ」

食べながら、当真が噴き出した。

「バカ、笑わせるな。……まあ、でも、美味い。こういうものを食うのは、子どもの頃以来だ」

目が柔らかく細められた。今の彼の頭に浮かんでいるのは、母親の面影なのだろうか。

夢で見た女性の顔を思い出す。細面で優しげな――けれど凛とした雰囲気の、綺麗な人だった。

このことは自分の胸に秘めて、これから先も決して話すまい。奈緒は心の中でそう誓った。

鍋いっぱいに作った粥を、当真はあっという間に完食してしまった。ごちそうさま、ときちんと手を合わせるのが好ましい。幼少時に、しっかりと教え込まれたのだろう。

後片付けをして、もう一度盥の水を替え、枕元に水差しを用意していたら、外が夕焼けで赤く染まり出した。

「いけない、そろそろ……当真、起きられたら、ちゃんと身体を拭いて、乾いた浴衣に着替えてね」

「……帰るのか？」

横になっていた当真が、ぼそりと呟くような声で言った。気のせいか、その目が妙に寂しげに見える。不意打ちをくらって心臓を鷲摑《わしづか》みにされ、奈緒は呻きそうになってしまった。これまでぴくりとも尻尾を振らずこちらを見向きもしなかった犬が、ふいに鼻を寄せてきたような感じがする。

病人の世話などするものではない。こうまで後ろ髪を引かれるような気持ちになるとは思わなかった。

「あ、明日また来るから。今度はもっと喉を通りやすそうなものを持ってくるわ。果物とか」

「何も持ってこなくていい。……奈緒が来るなら」

付け加えられた言葉は小さすぎて、えっ？ と聞き返した時には、当真はまた手拭いを目の上に載せていた。それを外してまで確認する勇気はなかったので、奈緒は顔を上気させたまま襖に手をかけた。

「あの、じゃ、じゃあね」

「うん、またな」

当真はこちらを見もせず、そう言った。

しかし操との別れの時と同じで、その言葉の響きは、なぜかとても安心した。


翌日、暁月屋敷に行くと、洋装姿の当真が玄関先で奈緒を待ち構えていた。

「起きて大丈夫なの？」

「ああ、もう治った」

驚いて訊ねた奈緒に向けられる彼の顔は、昨日の別れ際が嘘のように、普段どおりの不愛想なものだった。ホッとするような、残念なような。

確かに昨日より顔色は良くなっているが、そんなにすぐ体調が戻るものかしら、と奈緒は眉を曇らせた。しかしそう言ったところで、大人しく寝床に戻ることは絶対になさそうだ。

「俺はこれから、赤月を捜しにいく」

本当は朝から行きたかったところを、奈緒が来るまで待っていたらしい。そう言いながら、傍らに置いてあった刀を手に取り、背中に括りつけた。

その鞘には例の下げ緒が結ばれているわけだが、当真が何も言わないので、奈緒もそれについては黙っていることにした。何を考えているのか判りにくい性格だが、自身が不要だと思うものをわざわざ身につけることはしないだろう、という気はする。

「当てはあるの？」

「具合が悪くて休んでいるなら森の中だろうが……そうじゃないなら、外で何かを見つけた、ということかな。もしかしたら影の動きが怪しいやつがいて、様子を見ているのかもしれない」

考えるように巡らされた視線が、門のほうへと向けられた。その瞳には、妖魔のことよりも、カラスの安否を気遣う色のほうが濃く出ている。

しかし、彼の「何かを見つけた」という言葉に、奈緒の心臓は勢いよく跳ねた。

——もしかしたら、本当に。

「あの……あのね、昨日も言った『他の嫁候補』のことなんだけど……」

もじもじと両手の指を絡めながら、洋傘の娘のことを白状することにした。その存在を知っていながらいつまでも口を噤んでいるのは卑怯な気がするし、赤月のことを真剣に案じている当真にも申し訳ない。

最初に彼女と出会った時のことと、「カラスが人の言葉を話す」と言っていたことを伝えると、当真の眉がはっきりと真ん中に寄った。

「だから、あの人も、わたしと同じく分家の子孫なんじゃないかと……赤月もそれに気づいて、あちらに行っているのかもしれないわ」

残念ながら奈緒は、彼女の名もどこに住んでいるのかも知らないので、大して役には立ちそうにない。

当真は昨日と同じく、無関心な顔で鼻を鳴らした。

「ついでのように口走っただけのそんな言葉が本当かどうか、怪しいもんだな。何かの物語と混同しているんじゃないのか。それに、そのカラスが赤月のことを指しているかどうかも判ったもんじゃない」

その口から出るのは、否定的な内容ばかりだった。むっつりとした表情は、少し怒っているようにも見える。

「大体、そんなやつを見つけたなら、赤月はまず真っ先に俺に知らせに来るだろ」

「だから赤月も、確証がないから様子を窺っているのかもしれないじゃない」

妙に不機嫌そうな当真に困惑して、奈緒は言った。他に嫁候補が見つかったかもしれないというのが、そんなにも気に入らないのだろうか。確かに当真は奈緒の時も「気乗りがしない」と言っていたが。

あるいは、赤月の言葉を理解できるのが分家の血を引く証だというのが、そもそも嫌なのかもしれない。それは要するに、自分たち主家を見捨てた人々の子孫、ということでもあるのだから。

……それなら、妖魔について何も知らず呑気に暮らしていた奈緒のことも、さぞ苛立たしい気持ちで見ていたことだろう。

しかし、伴侶を得なければ、暁月家の血は絶える。

「――とても綺麗な人だったわよ。わたしのように可愛げのない性格でもないようだし」

目を伏せて、ぽつりと付け加えると、当真は口をぐっと結んだ。

「だから、そちらを選べと言いたいのか」

「そんなこと言ってない」

「おまえは最初から、冗談じゃないと怒っていたからな。他に代わりになりそうなやつがいたから、これ幸いとそいつに押しつけて自分は逃げようってことか。なるほど、そういうところまで分家の血筋だ」

怒っているように見える、ではなく、当真は完全に怒っている表情と口調で、吐き捨てるように言った。

それが怖いのと、理不尽に責められているようで悔しいのと、昨日との落差が悲しいのとで、じわりと目の前が透明な膜に覆われた。

いつもはぽんぽん言い返す奈緒が唇を嚙んで黙りこくったのを見て、当真も気まずげに口を噤む。

二人の間に、重い沈黙が落ちた。こんな時いつだって割って入ってくれたお喋りなカラスは、ここにはいない。

「……なんで、今まで黙ってた？」

しばらくして、当真が呟くような声でそう言った。

「その娘に会ったのはもうだいぶ前のことなんだろ。今までに何度も言う機会はあったはずなのに」

そう、何度もその機会はあった。一度は、彼女と当真を引き合わせることだって可能だった。奈緒が一歩足を踏み出し、声をかけていたら。

でもあの時、自分の足は動かず、声も出なかった。

「どうして？」

どうして――？

「……それは、今この時、答えなきゃいけないことかしら」

着物の袖で目元を拭い、ぐすっと鼻を啜ってそう言うと、当真は虚を衝かれたように目を瞬いた。昨日、自分が出した言葉がそっくり返ってくるとは、思ってもいなかったらしい。

固くなっていた顎の線がわずかに緩んだ。

ふ、と軽く噴き出すような息を吐く。

「そりゃそうだ。今は赤月を捜すのが先だ。――悪かった」

せっかく拭ったのに、思いがけず静かな声で謝られ、また涙が滲んだ。

自分の中で芽生えた何かが、徐々に形を取り始めている。甘いだけではないその感情は、様々な事情も絡んで素直に表に出すことができない。未だしっかりとは定まらず揺れる心に混乱し、戸惑っているのは、奈緒だけでなく当真も同様なのかもしれなかった。

　当真が門に向かって歩き出す。これからまたあの速度で森の中を廻るのだとしたら、それに同行することは到底できそうにない。外に出て、自分なりに捜してみようと、奈緒も彼に続いて足を動かした。

　が、門の手前まで進んだところで、当真が突然ぴたっと立ち止まった。

「奈緒」

「……なに？」

　こちらを振り返った彼の真顔に、少し身構える。今度は何を言われるのだろう。

「ちょっと、ついてきてくれるか」

「どこに？」

「おまえに見せたいものがあるんだ」

　その「見せたいもの」は屋敷の外にあるらしい。よく判らないながら頷くと、当真はまた前を向いて歩き始めた。

　当真はゆっくりと森の中を進んでいった。

　最初に会った時と違って、自分一人だけさっさと先へ行くことはしなかった。時々後ろを振り返って、奈緒がついてくるかを確認したりもする。それだけの変化なのに、なんだかじんと胸に込み上げるものがあった。

　奈緒にはどこを向いても同じに見える景色でも、当真の足取りに迷いはない。決まった道を歩くかのように、するすると木々の間を通り抜け、まっすぐどこかに向かっている。どちらの方角に行こうとしているのか、屋敷がどちらにあって、どちらに行けば森から出られるのかも、奈緒はもう判らなくなってしまった。

　しんとして薄暗く、生き物の気配のない、奇妙な「あやしの森」。

　それでも不思議と、今の奈緒にはまったく怖れも不安も湧かなかった。

　きっと、前を行く人の存在があるからだろう。しっかりと揺るぎないその背中が見えるから、こんなにも落ち着いていられるのだ。

　──当真がいるから、大丈夫。

　いつから自分は、こんな風に考えるようになったのか。

「ここだ」

　思考を断ち切られ、奈緒は我に返った。

　当真が立ち止まり、こちらを向いている。しかし、彼の言う「ここ」がどこを指しているのか、奈緒には見当もつかなかった。

　特に何かがあるわけでもない。目印のようなものもない。当真が立っている場所は、他と何も変わりがないとしか思えなくて、奈緒は首を傾げた。正直、彼が少し移動をしたら、すぐに見分けがつかなくなりそうだ。

「ここ……というと」

当真はその問いには答えず、黙って背中の刀を外した。

鞘を持ち上げ、自分の顔の前の空中にかざす。

何をするのかときょとんと眺めていた奈緒は、おかしなことに気づいた。

目には見えない透明な壁に張り付くように空中の一点で固定されていた刀の周囲が、徐々にぼやけてきたのだ。

錯覚かと思って目を瞬き、袖先でこすってもみたが、やっぱり変わらずそう見える。

捩じれる……歪む……曲がりくねる……なんと表現していいのか判らない。しかし、刀の周りの「空間」がぐにゃりと変形しているのは確かだった。

驚いている間に、その歪みはどんどん広がっていった。刀を当てた場所を中心にして、ま、ま、ま、まったく異なる景色が現れてくるのを、奈緒は茫然としながら見つめるしかなかった。

まるで——そう、まるで、刀を中心に、別の場所へと繋がる道が開けたかのように。

当真が再び刀を下ろした時には、奈緒の目の前には、驚くほど幹の太い、樹齢の古そうな大楠《おおくす》が高くそびえ立っていた。

呆気にとられるしかない。今の今まで、絶対にその場所にそんなものはなかったと断言できる。こんな巨木が立っていて、視界にも入らないなんてことがあるものか。

「当真、これ……」

「この領域は結界に囲まれて、人にも妖魔にも、見ることもできなければ入ることもできない。暁月一族しか知らない場所だ」

結界……と小さく復唱し、奈緒は眼前の樹木を見上げた。

一体どれほど昔からあるのか、囲むためには大人が十数人必要そうな太い幹に、青々とした葉を茂らせ四方に伸びた枝も、これまた太い。赤ん坊くらいの大きさの瘤《こぶ》といい、凹凸の深い樹皮といい、堂々とした風格と威厳、そして思わず身を引き締めてしまいそうな神聖さを備えた楠《くすのき》だった。

その幹には、紙垂《しで》のついた太い注連縄《しめなわ》がぐるりと巻かれていた。注連縄もまた結界の役目を果たすものだから、二重に災厄を弾いているということになる。

そうまでして、人からも妖魔からも厳重に隠さねばならない場所なのか。

「あそこに、穴があるだろう」

当真が鞘の先端で指し示したのは、木の根元部分だった。あまりに大きいので上にばかり目が向いてしまっていたが、楠の根は大部分が地面の上に露出していた。うねるように歪曲した無数の太い根の下には、びっしりと全面が苔に覆われた岩がある。

そうして見ると、巨木はその岩を抱え込むようにして立っているのだと判った。まるで、親鳥が己の大事な卵を守るがごとく。

それ自体もまた巨大な岩は、下部に亀裂が入っていた。洞窟《どうくつ》というほどではないが、ぱっくりと開いた口は黒々としていて、奥が見えないくらいに深い。

その亀裂の前に、小さな鳥居が立っている。この鳥居をくぐれるのは、鼠やウサギなどの動物か、小人くらいだろう。二本の柱、そして笠木《かさぎ》と貫《ぬき》しかない素朴で原始的なものだった。そちらもずいぶんと年数が経過していそうだ。

「……あれが、妖魔を封じる『穴』だ」

「えっ？」

当真の言葉に、びっくりして振り向く。彼を見てから、もう一度鳥居に視線を向け、また当真のほうに顔を戻した。

「妖魔を封じるのは、その刀ではないの？」

「これは一時的に妖魔を閉じ込めることしかできない。また外に出さないと、刀自体が闇に染まって使い物にならなくなる」

「浄化したり祓ったりはできない、ということ？」

「妖魔ってのは、完全に消滅させることはできないんだ。あれは闇から生まれ、闇へと還るものだから。妖魔を見つけたら刀で捕獲して、この穴の中に封じないといけない」

「この穴って……」

「冥府に通じていると言われる。——黄泉《よみ》の国、と言えばいいか」

「黄泉の国……」

奈緒は再びまじまじと鳥居を見つめた。

だとしたらこれは黄泉比良坂《よもつひらさか》、あちらへの出入り口ということになる。妖魔をそこに封じるということは、彼らはもともと黄泉の国から出てきたということか……？

「実を言えば、俺も正確なところは判らない。調べたことはあるが、文献が古すぎて読めたものじゃなかった。暁月の当主になる者はそれについて先代から口伝《くでん》でも教わるものだが、俺の場合はそれをする前に両親ともに死んでしまったからな」

ずきりとした痛みが胸を刺す。

当真の表情と声は淡々としていて無感情だったが、夢で聞いた悲痛な慟哭《どうこく》は、今もなお耳にこびりついて離れないままだ。

「暁月家の役目は、妖魔を封じることと、この場所を何者にも荒らされないように守ること。だから妖魔退治人とは別に、『あやしの森の番人』と呼ばれることもある」

「番人……」

だったら当真は、決してこの地から離れられない。

ここで生き、ここで死んでいくしかない。

暁月家の次期当主としてこの世に生まれ落ちた時から、そう決まっていた。

それは彼にとって、息苦しくはなかったのだろうか。

「妖魔の中には、ここを見つけて破壊しようと企むやつもいる。十年前に現れた妖魔も、この場所を探して森に入り込んできた。でかい闇の化け物のようなそいつは、おそろしく手強かった。封じようとして向かっていった父親は、そいつに呑み込まれて――」

そこで、当真の言葉が途切れた。いつも力強い意志をたたえた瞳が、一瞬、行き場所を見失ったようにふらりと彷徨う。

その様子が今にも消えてしまいそうに頼りなく思えて、たまらなくなった奈緒は手を伸ばした。

刀を持っているのとは別のほう、所在なく垂らされたままだった左手に触れ、自分の掌で包む。

当真が驚いた顔でこちらを見たが、拒絶はされなかったので、そのままぎゅっと握った。大きな手は動かない。握り返してくるわけではないが、逃げもしない。大人しく奈緒の手に囚われて、じっとしている。

「……あったかいな」

再び鳥居に視線を戻し、消え入るような小声でそれだけ言った。

「忘れてた、人の温もりっていうのはこういうものだったんだな。俺の母親が最後に抱きしめてくれた時も、確かに温かかったような気がする。——もう、ほとんど覚えちゃいないが」

苦笑じみた言い方には、悲しげな響きがあった。

「その……闇のような妖魔は、どうなったの？」

「判らない——記憶がないんだ。俺が頑として一人で逃げるのを拒んだから、母親は俺を抱いて屋敷まで走った。だが、途中で目の前が急に真っ暗になって、そこから先のことを何も覚えていない。気づいたら俺は一人で倒れていて、妖魔はもういなくなっていた。結局この場所が見つからず、諦めて森から出ていったのかもしれない。母親は……どこにもいなかった。どれだけ捜しても、遺体すら見つからなかった」

十歳の子どもが、父母の亡骸《なきがら》を捜して森の中を歩き回ったのだろうか。その姿を想像すると、あまりにも痛ましかった。

「それから片時も離れず傍にいて、俺を育ててくれたのが赤月だ。……ま、本郷さんにも少しは世話になったが」

励まし、慰め、力づけ、時には叱咤《しった》して。

親の役割をも果たしてくれたあの忠義なカラスを、当真がなにより大事に思うのは当然のことだった。

「以来、俺はずっとあの時の妖魔を探してる。他の妖魔も、見つけ次第封じた。……そのためなら多少の犠牲はしょうがないと、そう思っていた。妖魔に憑かれるような人間は、そもそも心の中に浅ましい欲望を抱えている。だったらそいつらだって、罪に見合った罰を受けるべきだと」

妖魔は嫌いだが、人も好きではない。幼い頃に植えつけられた他者に対する失望と不信、拭いきれない嫌悪感は、当真の内側にしっかり根を張っていた。

——周りの連中が妖魔封じを暁月家だけに押しつけるなら、それが俺の生まれた意味だというのなら、引き受けてやろう。

だがそれは、人を救うということじゃない。

「でも、奈緒を見ていたら、少し判らなくなってきて」

「わたし？」

ここで自分の名が出てくるとは思わなかったので、驚いて問い返すと、当真はこちらに横顔を向けたまま頷いた。

「いつだってバカみたいに誰かを助けることばかり考えて、あちこち駆けずり回り、泣いて怒って同情して……結局、人を救ってる」

とんでもない、と奈緒は慌てた。

「わたしじゃないわ。わたしは何もできないもの。妖魔を封じるのも、危ない時に助けてくれるのも、いつも当真だったじゃない」

「違うんだ、そういうことじゃない。おまえがしているのは、人の『心』を救うということだ。妖魔に憑かれていても、いなくても。俺は最近、もしかしたら、それが正しいあり方なんじゃないかという気がしてきた。……赤月がな」

「赤月が？」

「いつも口うるさく言うんだ。暁月家が果たす役目を、おまえ一人で背負うのは無理だって。必ずどこかで進むべき道を見失い、迷う時が来る。そういう時、手を引いてくれる者が必要になる。そればかりは自分にはできないことだから、早く嫁を見つけないと、と何度も」

それであのカラスは、あんなにも必死に呼びかけていたのか。

耳を澄ませよ人の子よ、この声聞こえる者あらば、あやしの森へと来るがいい。

——そして、当真を隣で支えてやってほしい。

「当真……どうしてわたしをここに連れてきてくれたの？」

暁月家の者しか知らない、秘密の場所。結界を解いて部外者を入れるなど、本来なら決して許されない行為のはずだ。

「……だから」

当真がそこまで言って、黙り込む。小さな鳥居に向けられた顔は、むっとしているように見えた。きつく結ばれた唇は、なかなか次の言葉を紡ごうとしない。

……でもその代わり、左手が動いた。離れてはいかず、互いの掌が合わさる形になる。長い指が緩く折り曲げられ、二人の手がそっと重ねられた。

その時だ。

ぎゃあああああん‼

強烈な鳴き声が耳元で響いた。鼓膜が破れそうな大音量に、奈緒は思わず悲鳴を上げた。

「く、黒豆⁉」

間断なく鳴き続ける黒豆の声は、兄の時よりもさらに焦燥と警戒を露《あら》わにしていた。

すぐさま目を吊り上げて反転した当真が、奈緒の身体を引き寄せて自分の後ろに廻し、刀の柄に手をかける。

ガサッと下草を踏む音がした。木々の向こうから、こちらに歩いてくる誰かがいる。

暗がりにまぎれていたその姿が、次第に明らかになっていった。

「赤月！」

当真が鋭く発した叫びには、驚愕と怒りが乗っている。

その人物の手には、黒いカラスの姿があった。持ち上げるでもなく、抱えるでもなく、まるで荷物のように首を摑んでぶら下げて、どうでもよさげにその身体をゆらゆらと揺らしている。

赤月は目を閉じてぐったりし、ぴくりとも動かない。意識があるのかないのか——いや、生きているのかさえ判らない。

奈緒は全身の震えが止まらなかった。信じられない気持ちで、その人を見るのがやっとだった。

「ど、どうして……」

この人が、今、ここに。

「こんにちは。またお会いしましたわね」

左手に赤月、右手に洋傘を持って、娘がにっこりと笑った。

やっぱりこの娘がもう一人の嫁候補だったのか。

刹那、奈緒の頭を過ぎったのはそんな考えだった。だから赤月を連れて、ここに現れたのかと。

……でも、違う。

たとえようのない恐怖心がぞわぞわと足元から這いのぼる。今の娘は、怖気だつほど不気味な雰囲気をまとっていた。赤月をあんな形でぶら下げて、平然と微笑んでいるその顔は、美しいだけでなく、非人間的でもあった。いっそ無表情よりも、身の毛のよだつような恐ろしさがあった。

「――おまえは何者だ。赤月を離せ」

当真の低い声は、さながらそれ自体が刃物であるかのように冷たく、尖っていた。

「赤月……？　ああ、このカラスね」

娘はそこで改めて気がついたというように、自分の手元に目をやった。

赤月に向ける黒々とした瞳は、背筋が寒くなるくらい無関心そのものだ。

「もう用はないもの。返してあげるわ」

単なる物体を放り投げるように、娘の手が下から弧を描く。ゆるやかな放物線を辿り、軽々と飛ばされた赤月を、奈緒が慌てふためきながら両手を差し出し、抱くようにして受け止めた。

「赤月！　赤月、しっかりして！」

すっかり艶の失せてしまった黒い羽が痛々しい。完全に力が抜けているその身体に、心臓が冷える。まさか――と考えるだけで、胸が潰れるような心地がした。

ピクリ、とわずかに頭が動いた。

「赤月！　大丈夫!?」

「ナオ……アレは、だめだ……早く……」

ギュルギュルという小さな鳴き声とともに、なんとか言葉が聞き取れた。安堵感で泣きそうになりながら、胸に押し当てて強く抱きしめる。よかった、まだ手遅れではない。

当真が刀の柄に手をかけたまま、ちらっと目だけを動かして確認した。厳しい表情は変わらないが、それでも目元の強張りはわずかに和らいだ。

「こんなところにあったのねえ」

一人、娘だけがのんびりとした調子を崩さないまま、当真にも、その手にある刀にも興味を示さずに、目の前の大楠を見上げていた。

粘つくような視線が上から下へと移動し、岩の下部に開いた亀裂と、その前に立つ鳥居まで来て、ぴたっと止まる。

その目にぎらりとした光が宿り、微笑を形づくっていた唇から赤い舌の先が覗いた。まるで、獲物を見つけた獣が舌なめずりをするように。

「――奈緒、もしかして、さっき言っていた娘ってのはこいつか」

当真に訊ねられたが、声が出てこない。青い顔でこくこくと頷くと、当真はこれ以上はないというくらいイヤそうな顔になった。

「冗談だろ。こんなやつが相手なら、嫁にもらう前に離縁決定だ」

その言葉に、やっと娘が当真のほうを向いた。可笑しそうに目を眇めて、くすくす笑う。

「おまえが暁月家の新しい当主？　まあ、大きくなったこと。でもまだまだ半人前の若造ねえ」

当真の眉が訝《いぶか》しげに寄せられる。

「大きく……？」

「ずうっと見つけたいと願っていたのよ、この場所を。どんなに探しても、十、年、前、は、見、つ、け、ら、れ、な、か、っ、た」

当真の目が大きく見開かれた。

驚愕と衝撃で一瞬硬直したその身体が、たちまち張り詰めたものになる。全身から凶暴なほどの闘気が発散され、赤月を抱いた奈緒は思わず後ずさった。

彼の視線はもう赤月にも奈緒にも向けられない。凄まじいほどの憤怒に燃えた目は、ただ前にいる娘にのみ集中していた。

「おまえ……あの時の、妖魔」

突然変異の闇の化け物。それが現在、美しい娘の形をとって、目の前に立っている。

あははは！　という笑い声が森の中に響き渡った。

娘にはもう以前のような淑やかさも愛らしさもない。目を三日月形に細め、大きな口を開けて哄笑するその姿は、ぞっとするほど厭らしく、下品で、狡猾《こうかつ》さが剝き出しになっていた。

目の前の現実がまだ受け入れられない奈緒は、麻痺《まひ》しかかった思考で、妖魔……とぼんやり繰り返した。

この人が妖魔？

十年前、当真の父と母を喰ったという——

以前会った時、この娘に怯えて奈緒の背に隠れた操のことを思い出した。妖魔は自分と同じ妖魔の気配に敏感だ。ではあれは操ではなく、操の中にいた妖魔がとった行動だったのではないか。

だとしたらこの妖魔は、他の妖魔にさえ忌避感《きひかん》を抱かれるような、強大な存在ということなのでは……？

しかし考えたのはそこまでだった。次の瞬間、刀を鞘から抜き放った当真が勢いよく地面を蹴って、ものすごい速さで娘めがけて突進していったからだ。

放り出された鞘が奈緒の足元に転がる。「当真！」と叫んだが、その声はもう彼の耳にはまったく入っていないようだった。

びゅっと空気を鋭く切り裂く音がして、当真は娘が突き出した洋傘を一刀のもと両断した。

その残骸を直ちに弾き飛ばし、今度は下段から薙ぎ払う。鮮やかに閃いた白刃を、娘が上半身を反らせて軽々と避けた。当真はさらに一歩を踏み出し、目にも止まらないような速度で、続けざまに斬りかかった。

無言で刀を振るう彼の顔からは、表情が抜け落ちていた。冷酷な光を放つ双眸《そうぼう》は無感動で、そこにはただ殺意だけがある。

「あはは！ その目、いいねえ！ もっと恨め、憎め、呪え！ それこそが我らの糧《かて》となる。暁月の新しき当主よ、おまえも私が喰ろうてやろうぞ。おまえの父と母のようになあ！」

その言葉で、刀を握る当真の手にさらに力が込められた。立て続けに長い刀身が唸り、煌めく刃が空を切る。薄闇の中に、何度も光の弧が描かれた。しかしその猛攻をも、娘は笑いながら身体をしならせてかわしていた。

いや――いくたびかは、確かに刃先がその皮膚を掠めたはずだ。それなのに娘の肉体からは血が出ない。彼女は今日も血のように赤い振袖を身に着けていたが、その袖がざっくりと断たれても、それとともに腕を斬られても、その着物が実際に血に染まることはなかった。

人が妖魔に操られているわけではない。正真正銘《しょうしんしょうめい》、人ではないモノなのだ。奈緒の両足がさらに震えた。

「おまえの顔は父親にそっくりだ、腹立たしい暁月の血め。本当はもっと前に根絶やしにしてやるつもりだったのに、あの時はとんだ邪魔が入った。一度は弱ってしまったが、十年という時間をかけて回復し、ここまで完璧に近い肉体を持てるようになったのだよ。何人も人間を喰ってねえ。おまえも今度こそ喰ってやる。そして暁月家を滅ぼして、封じられている妖魔たちを解放するのさ」

娘の形をした妖魔は、口の両端を吊り上げて、にんまりと笑った。

その言葉さえ耳に入っていないのか、当真の動きは止まらない。ただがむしゃらに刀を振り、妖魔に襲いかかる。復讐心に駆られ、憎悪に囚われた今の彼は、それ以外の何物をも弾き返してしまう氷のような冷たさと頑なさに支配されていた。

その足元が、一瞬ふいに均衡を失い、ふらっとよろけた。

それに気づき、奈緒の全身からざあっと音を立てて血の気が引いていった。彼の動きは明らかに精彩を欠いている。普段あれだけ手に馴染み、軽やかに扱う日本刀さえ、今はひどく重そうだ。

ということは、当真はやっぱり、体調が戻っていないのではないか。病み上がりで、昨日まで寝込んでいたのだから、弱っていて当然だ。

「だめ……」

とうとう奈緒の膝から力が抜けて、崩れるようにその場にしゃがみ込んだ。

夢の中の光景が頭に蘇る。喰われる、という言葉が実感をもって押し寄せてきて、芯からの恐怖に襲われた。この先に起きるであろうことを予想して、絶望で目の前が真っ暗になった。

「だめよ……だめ……」

くらりと目が廻り、片腕に赤月を抱いたまま、もう片手を地面に突いたら、硬いものが指先に当たる感触があった。

当真が放り投げた刀の鞘だ。

そこに結ばれている赤と黒の下げ緒を見た途端、目からどっと涙が溢れ出した。

――駄目だ。

半ば茫洋とした頭で、それだけを明確に思った。他のことは何一つ考えられなくても、その意志は闇の中の光のようにはっきりと輝いていた。

当真は死なせない。

ぼとぼとと大粒の涙をこぼしながら、眉を上げ、唇を強く引き締める。

赤月をそっと地面に横たえると、手を伸ばしてぐっと黒鞘を摑み取った。

刀を振った当真の身体が、そのままぐらっと大きく傾いだ。呼吸を乱し、ふらつく彼に、再びそれを持ち上げる体力は残っていない。刃先が地面に刺さり、柄を握ったまま喘ぐようにその場に片膝を突く。

娘が、聞くに堪えない甲高い声で大笑いした。

「それがおまえの限界か、小僧！　これが長年にわたり妖魔を封じてきた暁月家の末裔とは笑わせる！　ひと思いに終わらせてやろうぞ！」

娘の瞳孔《どうこう》が拡大し、ほぼ黒に占められた穴のような目になる。今や娘は妖魔としての本性を現し始めていた。ぎざぎざと口が耳元まで裂け、剝き出しになった歯は獣のように鋭く尖っている。綺麗に結われていた唐人髷がばらりと解けて広がり、見るもおぞましい異形の姿になっていく。

その口から、耳から、黒い靄のようなものが湧くように出てきた。

いや……あれは靄ではなく、影だ。漆黒の影が娘の姿を呑み込み、周囲の景色を消し去り、触手のようなものを伸ばしている。

それがもう少しで当真に触れるという位置まで迫った瞬間、奈緒は弾かれたように立ち上がり、走り出した。

両者の間に割って入り、当真を背にしてその前に立ちはだかる。

当真が驚いて何かを言いかけたが、そちらは振り返らない。触手は一瞬動きを止めたが、新たな獲物を前に、嬉々としてこちらににじり寄ってきた。

奈緒はそれから逃げようとはしなかった。なぜか恐怖も焦燥も、その一切が消えていた。迷いも躊躇もない。何か大きなものが、今の自分の心と体を突き動かしているようだった。

両手に持った鞘を高く振り上げる。

そして次の瞬間、近づいてくる影めがけて思いきり打ち下ろした。

「ギャッ!!」

しゃがれた悲鳴を上げて、触手がしゅっと縮んだ。

かつて美しい娘であったものは、もうその原型を留めていなかった。ぐにゃぐにゃと蠢《うごめ》く、気味の悪い影の塊《かたまり》だった。

奈緒はそれには構わず、流れるように滑らかな動きで次の行動に移った。

鞘を肩に担ぐようにして構え直し、ためらうことなく、影の真ん中に先端を深く突き刺す。

その途端、鞘が貫いたところから、強い白光が放たれた。

目の眩むような輝きがあたりに満ちる。

すでに口もないのに、影の妖魔は絶叫を迸らせた。

咆哮《ほうこう》のような大音声《だいおんじょう》が轟《とどろ》いて、びりびりと空気を振動させている。当真に刀で斬りつけられても血も流さず平然としていた妖魔が今、奈緒の攻撃によって甚大な痛手を受けているように見えるのは、ひどく異様な光景だった。

影はまるで熱湯でも浴びたように苦しげに収縮を繰り返し、ぶるぶると震えた。

「おのれ、また……！　口惜しや、いつもいつも、あと少しというところで！　覚えておれ、次は必ず……！」

悔しそうな呻きとともに、呪詛のような言葉を吐いて、影の妖魔はずるりと地を這うようにして後退し、そのまま森の闇の中に消えていった。

奈緒は肩で息をし、目を凝らしてそれを見つめ続けた。鞘を握る手はずっと震えて、足は地面に縫い止められたように動かない。ただ涙だけが激しく流れ続けていた。

しん、とした静寂が再び戻ってくる。

当真は片膝を突いたまま、愕然とした表情をしていた。刀の柄からぎこちなく指を一本ずつ剝がして、「奈緒……」と小さく呟く。

奈緒はその場にくずおれた。

「……結局、どういうことだったのかしらね」

晩月屋敷の縁側に腰を下ろし、奈緒は首を捻った。

娘の姿をした妖魔の襲撃から一日が経った今でも、何が起きたのかさっぱり判らない。

実を言えば奈緒は自分が何をしたのかも記憶が曖昧で、はっきりとは覚えていなかった。

あの後すぐ、気を失って倒れてしまったというのも大きいのだろう。張り詰めていたものが、ぷつんと切れてしまったのだ。

その奈緒を、当真が負ぶって自宅まで送り届けてくれたらしい。目覚めたら朝で、自室のベッドの中だった。そうなるとますます、昨日の出来事が夢だったのか現実だったのか判然としない。

心配するばあやと父を宥《なだ》めて「女学校に行く」と家を出たが、奈緒が向かったのは学校ではなく、あやしの森の中だった。

当真は屋敷の縁側にいた。膝の上では、丸くうずくまった赤月が抱かれている。そのことにほっとして、奈緒は彼の隣に座った。

「ワシはその間ずっと目を廻しておったので、なんとも言えんのう」

赤月の声はまだ少し弱々しい。なんでも、当真の不調を奈緒に伝えようと家に向かっていた途中で、娘に声をかけられ、捕まったのだという。

「今思えば、しょっちゅうナオの近くにいたワシに、前々から目をつけておったのだろうなあ」

それであの娘は奈緒の周りをうろうろして、機会を窺っていたということか。

寄生して乗っ取ったのか、あるいは擬態していたのかは判らないが、人の形をして世間に混じり、言葉を話し、策略を巡らせるなど、そのすべてが妖魔としては異常で、規格外だ。

もともと力も強かったのだろうが、人を喰らい、彼らが持つ情報をも自らに取り込むことによって、少しずつ学習して成長していったのではないか……という赤月の推論に、奈緒はものすごくイヤな気持ちになった。

「いきなり『こんにちは』と話しかけられた時は、まさかそれが妖魔とは想像もしなくての」

「美人だから、鼻の下を伸ばしていいそいそと降りていったんでしょう」

「人聞きの悪いことを言うな。ワシは最初から、あの娘は気に食わんかったぞ。それにナオのほうがずっと器量良しだ」

「調子がいいんだから」

しかしそんな軽口が叩けるくらいなら、もう大丈夫なのだろう。手を伸ばして頭を撫でると、気持ちよさそうに目を閉じた。

「また襲ってくるのかしら」

「だいぶ弱ったようだから、しばらく手出ししてくることはあるまい。前回も回復するまで時間がかかったようだしのう。『穴』の周りの結界も強めたから、そう簡単には近づけぬだろうて」

どうしてあの妖魔が弱ったのかも、奈緒にはよく判らない。刀本体だけでなく、鞘にも妖魔に対抗する力があったということだろうか。

その疑問を口にすると、赤月は「……フム」と小さく呟き嘴を閉じた。赤月にも理由が判らないから、というより、どこまで言っていいのか迷う、というように見えた。

一瞬、ちらっと視線が当真のほうに向けられた。

「そうだの……おそらく、あの強大な妖魔にも弱点がある、ということだろうな」

「弱点？」

急所のようなものかしら、と奈緒は首を捻った。妖魔にも人体と同じように急所があって、偶々あの時、鞘先がその部分を突いた、とか？

よく判らないが、とにかく赤月は助かり、当真も無事だ。今はその幸運を喜ぶべきだ、と奈緒は思うことにした。

「もう無茶しないでね」

「オマエに言われると複雑だの」

奈緒は少し笑ったが、赤月を膝に乗せている当真はさっきからずっと無言のままだ。

両親の仇である妖魔を逃がしてしまったのだから、いろいろとやりきれないのだろうなと思いつつ窺うと、彼は妙に思い詰めたような表情で、視線を虚空に据えていた。

「……当真?」

おずおずと呼びかけたら、はっとしたように目を瞬いて、奈緒のほうを向いた。

「奈緒、おまえこれから学校に行くんだろ。早くしないと遅れるぞ」

口を開いて出てきたのは、そんな説教じみた言葉だった。そこまで露骨に追い出すことないじゃない、と奈緒は内心で文句を言って、唇を尖らせた。

「でも」

「森の出口まで送ってやる」

反論する隙も与えず、当真が縁側から立ち上がる。そうまで言われたら、ここに居座ることもできず、奈緒も渋々腰を上げた。

また帰りに寄ればいいか、と考える。

当真は赤月を縁側に下ろし、「おまえは留守番だ」と言いつけた。飛ばせるのも、肩の上に乗せて連れ歩くのも、まだ心配なのだろう。

赤月も不満げに何かを言おうとしたが、当真の顔を見て、開きかけた嘴をまた閉じた。しおしおと羽をすぼめて小さくなる。

「じゃあ赤月、また来るわね」

そう言うと、赤月は黒い瞳でじっと奈緒を見返した。懸命に何かを訴えかけるような眼差しだったが、その真意までは判らなかった。

「行くぞ」

さっさと当真が門へと向かう。慌ててその後を追いながら、奈緒は赤月に手を振った。

赤月は黙ってこちらを見つめ続けていた。


森の中はいつもと同じ静けさと平穏さを保っている。

やっぱり昨日のことは夢だったんじゃないかしら、と奈緒は胸の内で独り言《ご》ちた。

当真は妖魔のことも、妖魔を封じる穴のことも、何も言わない。以前と同じ素っ気ない態度は、そんなものはなかったと言いたげだ。もちろん、結界に囲まれたあの大楠の姿は、どこを見回しても目に入らなかった。

——あの時、あの場所で、二人の間で交わったはずの何かは確かにあったはずなのに。それさえ跡形もなく消え去ってしまったようで、奈緒はひどく心許なく寂しい気分になった。

だから、の続きをまだ聞いていない。

重ねられた手の意味を知りたい。

当真がちゃんと言葉にしてくれたら、奈緒もきっと自分の心を素直にさらけ出せる。

赤月の言葉が理解できる娘だから、分家の血を引く娘だから——そんな理由ではなく、ただ奈緒を「奈緒」として求めてくれたなら。

「あの、当真……」

後ろを振り向くこともなく前を歩く当真に、声をかける。その声が自分でも情けないほどに弱く小さなものだったからか、彼が顔をこちらに向けた。

「その袴」

「え？」

「袴姿を、はじめて見た。そういう恰好をすると、女学生という感じがするな」

「はじめて……そうだった？」

唐突なことを言われて、奈緒は面食らいながら自分の姿を見下ろした。そういえば、女学校の行き帰りに当真と会うことはなかったかもしれない。

「よく似合う。奈緒はやっぱり、そういうのがいい」

さらりと言われて、赤くなった。

どんな顔をしてそんなことを言うのよ、と思って見たら、当真は驚くくらい真面目な顔をしていた。ますますどうしたらいいか判らなくなって、頬が熱くなる。

「当真がわたしを褒めてくれるなんて、明日は嵐じゃないかしら」

混乱した挙句、そんな憎まれ口を返してしまって、奈緒は自己嫌悪に陥った。どうして自分はこうなのだ。帰ったら慎一郎に罵倒《ばとう》してもらおう。

「そうかもな」

当真は少しだけ唇の端を上げて、あっさり言った。視線を横に流して小さく呟く。

「……嵐が来ても、土砂降りになっても、雷が鳴り響いても、おまえは家の中にいればいいさ」

え、と問い返そうとしたら、当真が足を止めた。

「ほら、出口だ」

前方を指して言う。

木々の間から、朝の光が射し込んでいた。立ち塞がっている最後の木を抜ければ、そこは森の外だ。

視界が開け、風がそよぎ、陽射しがそのまま照りつける世界。

奈緒はなぜか足を踏み出すのを躊躇した。当真は止まったまま動かない。境界を越えて、彼をこの薄暗い森の中に残したまま、自分だけ明るい光の下に出ていくのが、奇妙に後ろめたく、悲しい感じがした。

「あっちへ行きな」

とん、と背中を軽く掌で押された。奈緒が外のほうへ足を踏み出すのを、当真はその場でじっと見つめている。

森を抜け、眩しさに目を眇めてしまった自分と、葉と枝の影に覆われている当真。そこにどうにもならない断絶を感じた。

「と……当真」

言いようのない不安が、急激に胸にせり上がってくる。思わず名を口にすると、当真は小さく首を横に振った。その先は言うな、というように。

そして、優しく微笑んだ。

「じゃあ、元気でな。……奈緒」

その時彼が出したのは、「またな」という言葉ではなかった。

当真がくるりと背を向ける。再び森の奥へと入っていく後ろ姿を見て、奈緒は焦った。このまま彼を行かせてはいけない気がする。早く追わないと、という強い衝動に急かされて、自分も森の中に戻ろうとしたが、当真はもう視界から消えてしまっていた。

屋敷に帰ったのなら、闇雲に追いかけたって辿り着けない。

懐に入れてあった黒い羽根を取り出す。もう女学校なんてどれだけ遅れても構わない。どういうことなのか、今この時、当真を捕まえてなんとしても聞き出さなければ。

だが、手にした羽根は、いつものように指の間から抜けていかなかった。そこに留まったまま、揺れもしない。背中に汗が伝った。

どうして。

祈るような気持ちで手を離したら、羽根は宙を舞い飛ぶこともなく、そのままふわりと地面に落下した。

それきり、ぴくりとも動かない。

羽根の導きがなければ、奈緒は暁月屋敷に行き着くことは叶わない。選ばれた者しか行けない、と赤月は以前に言っていたのではなかったか。

——では自分は、その資格を失ったと？

奈緒は茫然とその場に立ち尽くした。

この作品は文春文庫のために書き下ろされたものです。

本文デザイン　野中深雪

ＤＴＰ制作　エヴリ・シンク

文春文庫

暁《あかつき》からすの嫁《よめ》さがし

定価はカバーに
表示してあります

2023年12月10日　第1刷

著　者　雨《あま》咲《さき》はな
発行者　大沼貴之
発行所　株式会社 文藝春秋

東京都千代田区紀尾井町 3-23　〒102-8008
TEL 03・3265・1211㈹
文藝春秋ホームページ　http://www.bunshun.co.jp

落丁、乱丁本は、お手数ですが小社製作部宛お送り下さい。送料小社負担でお取替致します。

印刷製本・TOPPAN

Printed in Japan
ISBN978-4-16-792145-3